AF369487

REMARQUES SUR LA DATE

ET LA COMPOSITION DES

HYMNES DE CALLIMAQUE

PAR

M. AUGUSTE COUAT

PROFESSEUR A LA FACULTÉ DES LETTRES DE BORDEAUX

—

*(Extrait de l'Annuaire de l'Association pour l'encouragement
des Études grecques en France. — Année 1878.)*

—

PARIS

TYPOGRAPHIE GEORGES CHAMEROT

19, RUE DES SAINTS-PÈRES, 19

—

1879

REMARQUES SUR LA DATE

ET LA COMPOSITION DES

HYMNES DE CALLIMAQUE

—

Les hymnes de Callimaque ne sont pas seulement des œuvres d'art destinées aux lettrés, simples témoignages de l'habileté du versificateur et de la patiente érudition de l'archéologue. Les allusions directes qui s'y trouvent (H. I, 85, 88 ; schol. au vers 86. — II, 26, 27 ; schol. au vers 26 ; 67, 68 ; schol. au vers 68. — IV, 165, 188 ; schol. au vers 175), prouvent qu'ils étaient composés pour une récitation publique, en vue de circonstances déterminées. Ils ont le plus souvent pour objet de célébrer dans une fête religieuse, sous le nom d'une divinité, la grandeur du prince et la gloire de son règne. Le poète n'eût pas introduit dans un hymne mythologique l'éloge des Ptolémées et le récit des évènements contemporains, si la solennité d'une représentation publique n'avait dû donner à cet éloge et à ce récit un grand retentissement. On peut d'ailleurs supposer sans témérité que les allusions signalées plus haut ne sont pas les seules ; la fine louange du poète courtisan a dû, en maint endroit, se dissimuler pour être plus flatteuse encore. Il est enfin vraisemblable que les autres hymnes qui font partie du même recueil ressemblent aux trois précédents. Si l'on n'y a pas signalé jusqu'ici les intentions du poète, il ne faudrait point en conclure qu'elles n'existent pas. Au risque de n'avoir à présenter parfois que des hypothèses, il ne sera donc pas inutile de chercher à quelle date et pour quelle circonstance chacun de ces hymnes a pu être composé.

Le caractère très-apparent de ces poésies indique dans quel sens il faut diriger notre recherche. Callimaque n'obéit pas aux caprices de l'inspiration. Il est maître de lui, alors même qu'il semble s'abandonner ; il écarte tout ce qu'il faut taire avec autant d'adresse qu'il trouve ce qu'il faut dire ; il est plein de réticences et d'arrière-pensées ; il est ingénieux jusque dans son silence. Malgré sa feinte dévotion, la religion le touche peu. Doit-il célébrer une divinité, il choisit, parmi les fables innombrables qui s'y rattachent, non point celles qui en feraient le mieux ressortir la grandeur, mais celles qui lui permettront de montrer sa science mythologique ou de louer le prince, sous le voile d'une comparaison. Comme en outre tous ces hymnes sont destinés à une fête particulière, chacun d'eux contient un épisode, parfois peu développé, qui en est en réalité le centre et l'objet principal. Tous les détails qui précèdent, si importants qu'ils paraissent, conduisent à ce passage caractéristique, jeté souvent à la fin du poème, sans que rien nous avertisse tout d'abord que là est l'explication de l'énigme. Chercher avant tout, au milieu des nombreux épisodes secondaires, l'épisode commandé par la circonstance, grouper ensuite autour de celui-ci les allusions éparses, les comparaisons cachées, sans oublier qu'elles peuvent être partout, là même où on les soupçonnerait le moins ; faire enfin la part de ce qui est seulement destiné à la curiosité des érudits et à l'ornement du poème, telle sera donc la méthode à suivre.

Nous présenterons l'analyse de chaque hymne, dans l'ordre chronologique, et non dans l'ordre de l'édition, bien que ce soit peut-être anticiper sur la conclusion. La suite de notre argumentation en deviendra plus claire.

On y verra mieux la succession naturelle, et comme l'histoire de ces hymnes. Il y aurait au contraire quelque inconvénient à interrompre cette suite, en se conformant à l'ordre habituel du recueil.

I (1).

L'hymne I commence par une invocation. Après avoir cité plusieurs dénominations de Zeus (1), le poète raconte sa naissance. Ce récit, qui ne comprend pas moins de 44 vers (2), rempli de savants souvenirs et de spirituelles peintures, est le plus long de l'hymne. — Après la naissance du dieu, Callimaque célèbre ses premières années (3), — les rapides progrès de sa force (4), — la supériorité de son intelligence (5). — Cette supériorité lui assure la possession de l'Olympe, que ses frères aînés ne peuvent pas lui disputer. En effet, dans le partage des domaines qui doivent échoir à chacun des fils de Kronos, ce ne fut pas le sort qui décida en faveur de Zeus; ce fut sa propre puissance (6). — Aussi Zeus a-t-il tous les insignes de la puissance. Tandis que les autres divinités protègent les différents arts, Héphaistos les forgerons, Arès les soldats, Artémis les chasseurs, Phœbus les poètes, Zeus est le protecteur et le père des rois (7). — Il commande et rend la justice (8). — Il distribue à tous ses faveurs, mais non également (9). — Témoin notre prince, qui l'emporte de beaucoup sur les autres souverains par la sagesse dans les résolutions et la prompti-

(1) I, 1, 10.
(2) I, 11, 54.
(3) I, 55.
(4) I, 56.
(5) I, 57.
(6) I, 58, 67.
(7) I, 68, 80.
(8) I, 81, 83.
(9) I, 84, 85

tude dans l'action (1). — L'hymne se termine par l'épilogue accoutumé (2).

On voit clairement par cette seule analyse que l'hymne tout entier aboutit à la glorification d'un roi puissant. Ce roi, d'après le scholiaste (3), n'est autre que Ptolémée, probablement Ptolémée Philadelphe, le protecteur de Callimaque. Pour déterminer la date de l'hymne, il faut donc chercher, dans l'éloge direct du prince et dans celui de Zeus, tous les évènements et tous les traits qui rappellent l'histoire et le caractère de Ptolémée Philadelphe. Le portrait du prince est tracé dans les vers suivants : « Tu as donné aux rois, dit le poète à Zeus, l'abondance « et assez de richesses. (Tu leur as donné aussi la sagesse) « à tous, il est vrai, mais non point également. On peut « le voir d'après notre roi qui, dès son avènement, a de « beaucoup devancé les autres. Le soir même, il accom- « plit ce qu'il a résolu le matin ; encore sont-ce les « grandes choses qu'il accomplit le soir ; les autres, « aussitôt conçues. D'autres, au contraire, mettent un « an et plus à réaliser leurs projets ; d'autres enfin voient « leurs desseins complètement arrêtés par toi, et par « toi brisée leur volonté (4). » N'est-ce pas là l'image,

---

(1) I, 86, 90.
(2) I, 91, 96.
(3) Schol. au vers 86.
(4) I, 84 et suiv. :

> ἐν δὲ ῥυηφενίην ἔβαλές σφισιν, ἐν δ' ἅλις ὄλβον,
> πᾶσι μὲν , οὐ μάλα δ' ἴσον · ἔοικε δὲ τεκμήρασθαι
> ἡμετέρῳ μεδέοντι · περιπρὸ γὰρ εὐθὺ βέβηκεν.
> ἑσπέριος κεῖνός γε τελεῖ τά κεν ἦρι νοήσῃ ·
> ἑσπέριος τὰ μέγιστα, τὰ μείονα δ' εὖτε νοήσῃ.

Nous renvoyons pour le texte à l'édition de Callimaque de Schneider (*Leips.*, 1870, 73). Au vers 86, nous avons adopté la leçon (εὐθύ) de cette édition, au lieu de la leçon ordinaire εὐρύ, qui ne semble pas admissible, bien qu'elle ait pour elle l'autorité de Cobet et de Meineke. Callimaque veut dire certainement que Philadelphe a, du premier coup (εὐθύ), dépassé de beaucoup les autres rois, et

décrite en vers pompeux, d'un roi absolu, dont les actions
attestent la force et l'intelligence déjà virile? De pareils
éloges feraient supposer que l'hymne a été écrit pendant
la maturité du prince et dans une période heureuse de
son règne.

Cette conjecture est encore confirmée par l'examen du
reste de l'hymne. Ce Zeus souverain, dominateur du
monde, dont la force et la puissance entourent le trône,
dont l'aigle porte le tonnerre et annonce les prodiges,
ressemble à s'y méprendre au plus glorieux et au plus
obéi de ces monarques macédoniens que la conquête
avait faits maîtres de l'Égypte, à Ptolémée Philadelphe.
Parmi les attributs de Zeus, et au milieu des innombrables détails de son histoire fabuleuse, Callimaque a
choisi ceux qui pouvaient le mieux exprimer cette ressem-
blance.

Est-il possible d'arriver à une plus grande exactitude,
et de trouver, dans les années heureuses du règne de
Philadelphe, celle-là même où l'hymne a été écrit? —

que la sagesse en lui n'a pas attendu les années. V. O. Schneider,
I, p. 162. — Quant aux vers 84, 85, que nous avons traduits en y
ajoutant quelques mots, comme s'il y avait une lacune entre les deux
vers, nous croyons en effet, avec O. Richter (*Kallimachu's Hymnen
auf Zeus und Apollo,* Guben, 1871, p. 5), qu'il est nécessaire d'inter-
caler un vers pour avoir un sens suffisant. Il suffit, pour s'en con-
vaincre, de traduire des deux façons. On lit dans le texte consacré :
« Tu as donné à tous assez de richesses, à tous il est vrai, mais non
point également : témoin notre roi qui, dès son avènement, a de
beaucoup devancé les autres. Le soir même, il accomplit ce qu'il a
résolu le matin, etc. » Il est clair que la seconde partie de la phrase
dans laquelle il est question de la sagesse du roi, n'a aucun rapport
avec la première, où on le félicite de sa fortune. Cependant, la
seconde proposition doit être la conséquence et la preuve de la première. Au contraire, en introduisant un vers dans lequel, aux autres
avantages des rois, le poète aurait ajouté la supériorité de l'esprit,
on arrive à un raisonnement suivi et rigoureux. Ce passage avait
d'ailleurs été déjà reconnu comme altéré par Meineke, qui voyait, à
tort, selon nous, cette lacune après le vers 86. (Meineke *éd.*, p. 133.

Un ingénieux critique, M. O. Richter (1), a cru découvrir cette indication dans un autre passage du poème, dont voici la traduction : « Aussi tes frères (il s'agit de Zeus), « bien que tes aînés, n'ont-ils pas empêché que le ciel « fût ton domaine et ton partage. Les anciens poètes « n'étaient pas tout à fait véridiques. Ils disaient que le « sort avait attribué sa demeure à chacun des fils de « Kronos. Mais qui donc, à moins d'être insensé, vou- « drait tirer au sort l'Hadès contre l'Olympe? On ne tire « au sort que des choses égales. Celles-là diffèrent en- « tièrement (2). » A propos de ce passage, M. Richter rappelle justement l'avènement de Philadelphe, et comment son père le choisit pour héritier, de préférence à ses frères aînés, aux fils qu'il avait eus d'Eurydice, sa première femme. Soter avait été engagé à ce choix par son amour pour Bérénice, et aussi par les heureuses dispositions de son plus jeune fils, qui devint plus tard le monarque le plus remarquable de la dynastie des Lagides (3). Callimaque n'a point oublié ce trait, car il décrit la jeunesse de Zeus (Philadelphe) en un vers expressif : « Encore tout enfant, tu avais toute la maturité d'un homme (4). » Le poète n'a donc raconté le partage du monde entre les fils de Kronos que pour rappeler l'avènement heureux et inattendu de Philadelphe.

Bien plus, d'après Richter, l'hymne n'aurait pu être écrit que l'année même de l'avènement. En effet, loin d'accepter sans protestation le choix de Ptolémée Soter,

(1) Liv. cit., p. 1.

(2) I, 58 et suiv.

(3) Justin, XVI, 2. « Contra jus gentium minimo natu ex filiis ante infirmitatem regnum tradiderat (Ptolemæus I) ejusque rei populo rationem reddiderat, cujus non minor favor in accipiendo, quam patris in tradendo regno fuerat. Inter cætera patris et filii mutuæ pietatis exempla etiam ea res juveni populi amorem conciliaverat, quod pater regno ei publice tradito privatus officium regi inter satellites fecerat. »

(4) I, 57.

les fils d'Eurydice s'y opposèrent de toutes leurs forces, cherchant à leur frère des ennemis de tous les côtés, et jusque dans sa cour. Tous eurent une fin prématurée et misérable. Céraunos s'enfuit d'Alexandrie en Asie-Mineure où ses projets hardis inquiètent les premières années du règne de Philadelphe. Il s'allie avec Arsinoé, femme de Lysimaque, roi de Thrace; puis, quand Philadelphe a épousé la fille de Lysimaque, il se tourne vers Séleucus, contribue à la défaite de Lysimaque, tue ensuite Séleucus son allié, qui ne lui donnait pas assez vite le trône d'Égypte, est salué roi par les troupes de Séleucus, et à leur tête marche contre Antigone, le bat, et devient maître de la Macédoine. Enfin, au moment où il allait satisfaire sa vengeance et attaquer l'Égypte, il meurt dans un combat contre les Gaulois. Un autre frère de Philadelphe s'était réfugié dans l'île de Chypre qu'il excitait à la révolte. Tombé au pouvoir de Philadelphe, il fut assassiné. Le troisième, Méléagre, qui avait suivi sans doute Céraunos, lui succéda pendant quelques mois au trône de Macédoine, fut déposé par ses soldats et disparut. Enfin, Ptolémée fit tuer son quatrième frère, Argaeos, qui, resté à Alexandrie, conspirait contre lui (1). Ce fut seulement après ces sanglants exploits que Ptolémée Philadelphe, débarrassé à la fois de sa famille et de ses rivaux, devint le monarque redoutable, le Zeus tout-puissant chanté par Callimaque (280).

Est-il vraisemblable qu'un courtisan aussi avisé que Callimaque, aussi habile à éviter toutes les allusions désagréables aux oreilles du prince, ait osé parler de ces tristes évènements, au moment où ils venaient d'avoir lieu? Le vers 59, « οὐρανόν οὐκ ἐμέγηραν ἔχειν ἐπιδαίσιον οἶκον », deviendrait alors une cruelle satire. Il faut donc supposer que l'hymne de Callimaque date de l'année, du jour même de l'avènement de Philadelphe, et qu'il a été

____

(1) Sur ces évènements, v. Droysen, *Geschichte des Hellenismus*, I, 631, 637-651; II, 171, 238.

écrit avant cette lutte fratricide, laquelle commença aussitôt.

L'objection que nous venons d'exposer aurait peut-être plus de force, si nous soutenions en effet que l'hymne du poète a suivi de très-près ces tragiques aventures. Encore faudrait-il prendre garde que ces assassinats domestiques, dont nous sommes révoltés, ne produisaient pas la même impression sur les Grecs corrompus d'Alexandrie et sur les Orientaux cruels et lâches qui composaient la population égyptienne. On était habitué à ces luttes fratricides, à ces haines inexpiables, à ces triomphes sanglants et joyeux du plus fort sur le plus faible (1). Chaque nouveau Ptolémée offrit à la curiosité de son peuple le même spectacle. N'est-il donc pas possible qu'on ait fait honneur à Philadelphe de ce qui aurait dû être son remords, et qu'on l'ait félicité d'avoir été si heureusement criminel? Callimaque ne fit peut-être qu'exprimer le sentiment général, en rappelant avec éloges le souvenir de ces tristes victoires.

Mais, si plusieurs années s'étaient déjà écoulées d'un règne prospère, l'allusion devient encore plus naturelle. Qui eût alors songé à plaindre les infortunes de Céraunos et d'Argaeos? Or, nous avons vu plus haut Callimaque parler de Ptolémée comme d'un roi déjà signalé par quelques hauts faits. Le passage même qui nous occupe peut nous en fournir un nouveau témoignage. Zeus, dont le poète chante l'avènement, ne devint maître du monde qu'après de longues et terribles luttes. Le dieu que chante Callimaque a fait ses preuves, il a terrassé ses ennemis, et autour de lui éclatent les témoignages de sa force irrésistible : « Ce ne sont pas les dés qui t'ont

---

(1) « Pour le meurtre des frères, c'était, dit Plutarque, quelque chose comme ces demandes préalables des géomètres, dont on ne peut pas se passer. » (Havet, *le Christianisme et ses origines*, I, p. 305 et suiv.).

fait le chef des dieux, mais ta force et ta puissance que
tu as fait asseoir auprès de ton trône (1). »

Ces vers s'appliqueraient difficilement au jeune Philadelphe succédant à peine à son père, même après la courte
collaboration par laquelle il s'était habitué à la royauté,
Ils désignent plutôt un roi régnant déjà depuis quelque
temps, et affermi dans la possession de son royaume
par ses conquêtes. Ne semble-t-il pas enfin qu'un hymne
chanté le jour même où l'héritier d'une grande tâche
montait sur le trône paternel, aurait nécessairement
laissé échapper des espérances, des promesses, et qu'on
y aurait vu comme l'aurore d'un avenir glorieux? Au
contraire, dans l'hymne à Zeus, c'est plus que des espérances et des promesses; les souhaits les plus exigeants
ont été réalisés; ce n'est déjà plus l'aurore de la gloire,
c'en est le plein rayonnement.

Toutes ces présomptions nous inclineraient à penser
que l'hymne à Zeus n'a pu être écrit pendant la première
année du règne de Philadelphe ; mais il y a une dernière
preuve qui nous détermine absolument. Callimaque écrivait en 243 (ol. CXXXIV, 2) l'élégie sur la chevelure de
Bérénice. Il est à peu près certain, — sa querelle avec
Apollonius le prouve, — qu'il vécut au moins jusqu'en 240,
peut-être même jusqu'en 235 (ol. CXXXV, CXXXVI). Si
l'hymne à Zeus date de 285 (ol. CXXIII, 4), année de
l'avènement de Philadelphe, Callimaque l'aurait composé
50 ans avant sa mort, et, selon toutes les probabilités, à
vingt ans environ (2). Nous savons en outre qu'avant

(1) Οὔ σε θεῶν ἐσσῆνα πάλοι θέσαν, ἔργα δὲ χειρῶν,
   σή τε βίη τό τε κάρτος, ὃ καὶ πέλας εἴσαο δίφρου. I, 66, 67.

(2) Voir notre article sur la querelle de Callimaque et d'Apollonius,
Annuaire de 1877. Dans l'appendice mis à la suite de cet article,
nous avons fixé à peu près à l'année 305 (ol. CXVIII, 4) la date de
la naissance de Callimaque. Il est nécessaire de justifier ici cette
date, puisqu'elle nous sert de preuve, et de montrer que, s'il est impossible d'en affirmer l'exactitude absolue, il y a au moins de bonnes
raisons de croire qu'elle est à peu près exacte. Les renseignements

d'être accueilli à Alexandrie et à la cour des Ptolémées,
il enseigna la grammaire à Éleusis. Quand l'aurait-il fait,

directs qui nous sont parvenus sur la vie de Callimaque sont, il est
vrai, très-insuffisants. Suidas dit seulement qu'il vécut sous le règne
de Ptolémée Philadelphe : « ἐπὶ δὲ τῶν χρόνων ἦν Πτολεμαίου τοῦ
Φιλαδέλφου. » Nous avons d'ailleurs prouvé, dans l'article cité plus
haut, que notre poète mourut vers 240 ou 235 (ol. CXXXV, CXXXVI).
Nous retrouverons enfin dans le présent article quelques dates certaines de sa vie, depuis 272 (ol. CXXVII) — (voir notre analyse de
l'hymne à Délos). A cette époque, Callimaque était déjà célèbre, et
honoré de la faveur royale. Ce seul fait laisse supposer qu'il était
alors parvenu à sa maturité et qu'il avait près de quarante ans. Si
nous ajoutons à ces quarante années le temps qui s'écoula entre 272
et 235, date probable de sa mort, c'est-à-dire trente-sept ans, nous
trouvons que, mort en 240 ou peut-être 235, à 70 ou 75 ans environ,
il a dû naître vers 305. Les immenses travaux qu'il a accomplis prouvent
que sa vie a été longue, et tous les faits s'accordent pour rendre
cette date vraisemblable. Mais, de plus, nous pouvons appuyer cette
hypothèse, déjà acceptable par elle-même, sur des preuves plus
solides. Il est question de Callimaque dans plusieurs biographies
anonymes du poète Aratus. Dans l'une, nous lisons ce qui suit :
« συνήκμασε δὲ Ἄρατος Ἀλεξάνδρῳ τῷ Αἰτωλῷ, καὶ Καλλιμάχῳ, καὶ
Μενάνδρῳ καὶ Φιλητᾷ. » Ce passage est bien vague, puisqu'en réalité
Ménandre, Philétas et Callimaque sont séparés par un assez grand
nombre d'années; il nous fait du moins savoir que Callimaque était
contemporain d'Aratus, et que, probablement, il vivait déjà sous le
règne de Ptolémée Soter, pendant lequel vécurent les autres écrivains cités à côté de lui. Plus loin, le même biographe ajoute, en
parlant d'Aratus : « γηραίῳ δὲ τῷ Κυρηναίῳ ἐπεβάλλετο, παρ' ᾧ καὶ ἐπι-
γράμματος ἠξιώθη. » Callimaque de Cyrène était déjà vieux quand il
entra en relations avec Aratus, et écrivit une épigramme en son
honneur (épig. XXIX, 27). Mais Aratus était lui-même très-âgé à
cette même époque, comme l'atteste une autre biographie : « μέμνηται
δὲ αὐτοῦ Καλλίμαχος ὡς πρεσβυτέρου, οὐ μόνον ἐν τοῖς πρὸς Πραξιφάνην,
etc. » En donnant au mot πρεσβυτέρου le sens le plus ordinaire du
comparatif, il faudrait conclure de cette phrase qu'Aratus était
encore l'aîné de Callimaque. Dans tous les cas, le mot indique au
moins un grand âge. Or, Aratus, accueilli à la cour d'Antigone, roi
de Macédoine, y mourut avant ce prince, d'après le témoignage de
Suidas : « συνῴκει τε αὐτῷ (Ἀντιγόνῳ) καὶ παρ' αὐτῷ ἐτελεύτησεν. »
Antigone étant mort en 240 (ol. CXXXV), Aratus mourut quelque

sinon à ce moment même, de vingt à trente ans? Comment admettre que Ptolémée Philadelphe, dans une circonstance si solennelle, parmi plusieurs écrivains célèbres, aurait précisément jeté les yeux sur le jeune professeur d'Éleusis, alors tout à fait inconnu, pour le prier officiellement de chanter ses louanges? N'est-il pas évident qu'un poète en renom, le plus illustre de tous, sans aucun doute, pouvait seul être chargé d'une pareille mission? La réputation de Callimaque ne commença que plus tard et ne devint tout à fait exceptionnelle qu'à l'époque de la première guerre punique (1). (264.)

Il faut donc avancer de plusieurs années la date de l'hymne à Zeus. Cependant, vers 266, s'était passé à la cour d'Alexandrie un évènement d'une grande importance. Philadelphe, répudiant et exilant sa première femme, Arsinoé, fille de Lysimaque, avait épousé, pour des raisons politiques, sa propre sœur qui s'appelait aussi Arsinoé. Ce mariage, contraire aux idées et aux habitudes grecques, souleva de vifs murmures. Le poète Sotadès, qui s'était fait l'interprète de l'indignation générale et avait écrit à ce sujet plus d'une mordante épigramme, fut tué par ordre du roi. Quelques années plus tard, Théocrite, poète courtisan, comme Callimaque, n'avait

temps auparavant, à un âge très-avancé, à soixante-dix ans environ. En effet, il avait déjà longtemps vécu à Athènes et s'y était fait une réputation considérable, lorsqu'il vint à la cour d'Antigone, en 272, pour le mariage du roi avec Phila (Droysen, liv. cit., II, 179. Rœper, Philolog., 9ᵐᵉ année, p. 32-35). Il devait avoir alors une quarantaine d'années. Ritschl (Biblioth. Alex.) a donc raison de dire qu'Aratus est né au plus tard vers 310, 308 (ol. CXVII, CXVIII). Callimaque, qui était presque du même âge qu'Aratus, mais un peu plus jeune que lui, est donc né au plus tôt vers 305 (ol. CXVIII, 4). Ces calculs précis confirment donc notre hypothèse. Ajoutons enfin que l'année 305, à cause des résultats déjà acquis sur les dernières années de Callimaque, doit être plutôt considérée comme une date extrême. Nous pouvons affirmer avec d'autant plus de force que le jeune poète avait vingt ans au plus, à l'avénement de Ptolémée Philadelphe.

(1) Aul. Gell. N. A. XVII, 21.

pas manqué de célébrer, dans un hymne à Ptolémée, la
sincérité et la sainteté d'un si étrange hymen (1). Il y
vante Ptolémée et sa vaillante épouse. « Jamais plus noble
« femme n'entoura de ses bras, dans le fond de son pa-
« lais, un plus noble époux. Elle le chérit du fond du
« cœur, *comme son frère et son mari. C'est ainsi que s'ac-*
« *complit l'hymen sacré de deux immortels, les maîtres de*
« *l'Olympe, qu'enfanta l'illustre Rhéa* (2). » Arsinoé avait
alors 57 ans, et Ptolémée près de cinquante! Comment
n'y a-t-il rien de semblable dans l'hymne à Zeus? Callimaque aurait-il oublié, à propos de Zeus et de Héra sa
sœur, une allusion qui s'offrait d'elle-même, au risque
de blesser son maître, et de paraître s'associer, par son
silence, à la réprobation générale? On ne saurait ni
soupçonner de cette impertinence, ni féliciter de ce courage, le poète ordinaire des Ptolémées. Il est donc vraisemblable que l'hymne I a été écrit avant 266. L'allusion
au partage du monde entre les fils de Kronos, dont nous
avons parlé, donne à penser que le poète l'écrivit quelques années seulement après la victoire complète de
Philadelphe sur ses frères, après 280. Enfin le silence de
l'hymne sur tous les autres évènements du règne, dont
il sera question dans les hymnes suivants, et dont les
plus importants eurent lieu un peu plus tard, prouve que
nous devons enfermer entre les années 280 et 275 environ, à la fin de l'olympiade CXXV°, la date cherchée.

(1) Nous avons, contre l'avis de Franz (*Corp. inscr. græc.*, III, 288),
adopté la date déjà indiquée par Droysen pour le mariage de Philadelphe avec sa sœur Arsinoé (*Hellenismus*, II, 241). C'est en effet en
266 que Sotadès, poursuivi par la colère du roi à cause des épi-
grammes qu'il avait écrites contre lui à l'occasion de ce mariage
(πολλὰ δεινὰ εἰς τὸν βασιλέα Πτολεμαῖον, dit Athénée, XIV, 621), s'enfuit à Kaunos, où il fut tué par ordre de Patrocle, amiral de la flotte
égyptienne. Hauler (*De Theocriti vit. et carm.*, p. 22) a ajouté à cet
argument d'autres preuves qui nous paraissent moins décisives. Sur
Arsinoé, épouse de Philadelphe, voyez *Corp. inscr. græc.*, n°ˢ 5795
et 5184.

(2) Théocrite, *Id.*, XVII, 128 et suiv.

Callimaque avait alors près de trente ans ; sa réputation grandissante a pu attirer sur lui l'attention du roi.

Si l'hymne I était, comme le voudrait Richter, une sorte de cantate officielle, destinée à la fête du couronnement, il faudrait, nous l'avons vu, admettre que Ptolémée en fit la demande à Callimaque. En choisissant une autre date, nous évitons une affirmation aussi téméraire et aussi peu vraisemblable. Nous pensons plutôt que le poète de Cyrène, jusqu'alors à peu près ignoré, composa de lui-même cette habile louange pour un concours poétique, et que son succès contribua à lui assurer la faveur d'un prince sensible à tous les éloges, surtout aux éloges bien écrits. Ainsi seulement disparaîtrait toute contradiction entre le fond même de l'hymne, qui nous reporte aux commencements du règne de Philadelphe, et la biographie de Callimaque, qui nous oblige à en avancer la date.

Quant à la circonstance particulière dans laquelle fut récité l'hymne I, elle est indiquée par le premier vers : « Y a-t-il rien de mieux, pendant les libations, que de chanter Zeus, etc. ». C'est donc une fête en l'honneur de Zeus, dont le culte était cher aux Macédoniens. Théocrite glorifie les rois de Macédoine d'avoir pour ancêtre commun Héraclès, fils de Zeus (1) ; Callimaque appelle les rois fils de Zeus (2). Alexandre avait élevé plusieurs temples au dieu de l'Olympe ; parmi les cultes helléniques importés à Alexandrie et célébrés par les Ptolémées avec une grande pompe, celui de Zeus Basileus devait tenir le premier rang (3). La monarchie des Lagides était une image de la monarchie olympienne ; sur leurs monnaies

(1) Théocrite, XVII, 27.

(2) I, 79. Voir, pour la leçon adoptée par nous dans ce vers, l'édition de Schneider, I, p. 158.

(3) Preller, *Griechische Mythologie*, I, 119. — Justin, XXIV, 2 : « Jovis templum, veterrimæ Macedonum religionis. » Sur les Ptolémées descendant d'Héraclès, fils de Zeus, voyez *Corp. inscr. græc.*, n° 5127, monum. Adulit.

ils faisaient graver la tête de Zeus avec une aigle portant
un foudre. Enfin, comme l'indique le premier épisode
de l'hymne (1), cette cérémonie rappelle les cultes
nombreux qui se rattachaient au mythe de la naissance de Zeus, et en particulier, aux cultes de l'Asie Mineure, qui allait tomber au pouvoir de Ptolémée Philadelphe.

II. (*Hymne* IV, *à Délos.*)

L'hymne IV qui, dans l'ordre chronologique, doit venir
après le premier, est de tous le plus étendu, et celui qui
contient les allusions les plus claires, les renseignements
les plus précis sur le règne de Ptolémée Philadelphe.

Le sujet en est la naissance d'Apollon. Latone, enceinte
de Zeus et d'Artémis, repoussée de tout l'univers par
la haine de Héra, est enfin accueillie par l'île de Délos, à
qui elle confie son précieux fardeau. Les premiers vers (2)
sont une invocation à l'île de Délos. — Description de
l'île escarpée et solitaire (3).—Elle est cependant la reine
des îles, qui forment un chœur autour d'elle, parce qu'elle
est protégée par Apollon (4). —Après ce prélude, le poète
va raconter l'histoire de Délos (5). —Origine des îles sou-
levées du fond de la mer et fixées au sol par le trident de
Posidon; seule, Délos vogue sur les flots, et s'appelle
d'abord Astérie (6). — Les matelots la rencontrent dans
ses courses vagabondes; elle s'arrête enfin et s'attache
au fond de la mer pour recevoir Apollon naissant (7). —
Colère de Héra contre Latone. Elle défend qu'aucun pays

(1) I, 10, 54.
(2) IV, 1, 10.
(3) IV, 11, 15.
(4) IV, 16, 26.
(5) IV, 27, 29.
(6) IV, 30, 40.
(7) IV, 41, 54.

accueille celle qu'a aimée Zeus ; Arès et Iris veillent à
l'exécution des ordres de Héra (1). — Les fleuves, les
contrées diverses se détournent de Latone et s'enfuient
à son approche (2). — Apollon, encore enfermé dans le
sein de sa mère, s'irrite contre ces pays inhospitaliers,
et menace Thèbes de sa vengeance (3). — Cependant, les
pays où veut aborder Latone, continuent à fuir (4). —
Elle supplie le Pénée de lui donner asile. Le fleuve, bien
que menacé par Arès, et bouleversé jusque dans ses
abîmes, affronte le courroux de Héra et s'apprête à recevoir Latone (5). — Celle-ci, ne voulant pas perdre son
généreux défenseur, continue sa marche et atteint l'île
de Kos (6). — Apollon s'adresse alors à sa mère et lui
dit de passer outre. Un autre dieu naîtra dans cette île.
Ce sera un roi puissant, ami d'Apollon. Tous deux re-
pousseront les barbares du Nord, les Celtes redoutables
qui, chassés de Delphes, dont ils avaient osé s'approcher,
périront ensuite sur les bords du Nil, sous les coups de
Ptolémée (7). — C'est dans l'île de Délos que doit naître
Apollon (8). — Latone arrive à Délos (9). — Iris annonce
cette nouvelle à Héra qui en conçoit une grande colère,
mais renonce cependant à poursuivre encore sa vengeance (10).—Apparition rayonnante d'Apollon naissant ;
magnificence de Délos, berceau du dieu (11). — Apollon
présage à l'île qui l'a recueilli une glorieuse destinée (12).

(1) IV, 55, 67.
(2) IV, 68, 85.
(3) IV, 86, 99.
(4) IV, 100, 108.
(5) IV, 109, 152.
(6) IV, 153, 160.
(7) IV, 161, 190.
(8) IV, 191, 204.
(9) IV, 205, 214.
(10) IV, 215, 249.
(11) IV, 250, 255.
(12) IV, 256, 273.

— Depuis ce jour, Délos est la plus sainte des îles. Tous les peuples y envoient des théories et y célèbrent des fêtes : description de ces fêtes (1). — Épilogue (2).

Plusieurs passages de cet hymne, écrits par Callimaque dans le dessein de louer Ptolémée, peuvent nous aider à en trouver la date. C'est d'abord le souvenir de l'île de Kos, où naquit Philadelphe, rappelé dans un poème dont le sujet est la naissance d'Apollon, de telle sorte qu'en décrivant la naissance du dieu, le poète semble célébrer celle du roi. C'est ensuite le tableau de la puissance de Philadelphe, et enfin le récit de l'invasion des Gaulois.

Voici en quels termes Callimaque décrit la naissance d'Apollon : « Les cygnes ne chantaient pas encore pour « la huitième fois, lorsque l'enfant jaillit du sein de sa « mère. A haute voix, les nymphes de Délos, filles du « fleuve antique, dirent le chant sacré d'Ilithyie, et sou- « dain l'éther d'airain en répéta l'écho retentissant........ « Toi-même, ô Délos, au-dessus du sol tout en or, tu sou- « levas l'enfant, tu le pris sur ton sein, et tu t'écrias (3). » Est-ce le dieu, est-ce le monarque, dont le poète a ainsi chanté la radieuse bienvenue ? La description convient si heureusement à tous les deux, que l'on retrouve des détails analogues dans les vers où Théocrite célèbre expressément la naissance de Philadelphe : « Kos tres- « saillit en te recevant, enfant nouveau-né, du sein de ta « mère, quand tu vis ta première aurore. Alors la fille « d'Antigone, accablée par les douleurs de l'enfantement, « appela à grands cris Ilithyie secourable aux femmes en « couches, et elle aussitôt, bienfaisante, assista la reine « et répandit le bien-être dans tous ses membres. Et « l'enfant désiré, ressemblant à son père, apparut.. *A sa* « *vue, Kos poussa un cri de joie, et dit, prenant dans ses*

(1) IV, 274, 315.
(2) IV, 316, 326.
(3) IV, 255 et suiv.

« *mains le petit enfant* (1). » Théocrite parle du roi futur comme s'il était un dieu, et Callimaque, en racontant la naissance du dieu, fait penser à celle du roi. Ce n'était pas sans dessein que le poète de Cyrène avait, dans l'hymne à Zeus, décrit avec tant de détails les couches de Rhéa ; dans l'hymne à Délos, l'intention est plus évidente encore.

Il est cependant impossible de rien inférer d'après ce passage sur la date de l'hymne IV. Les vers de Théocrite ont été écrits en 259,58, la vingt-sixième année du règne de Philadelphe, et pendant la maturité du prince. Il est vrai que le poète syracusain n'a consacré qu'une seule idylle à l'éloge de Ptolémée, et que le souvenir de la naissance du roi s'y rencontrait naturellement. Callimaque ayant, au contraire, composé plusieurs hymnes, à différentes époques de ce règne, pour en célébrer les dates mémorables, peut-être pourrait-on supposer qu'il a dû parler de la naissance et de l'avènement du roi dans les pièces qui se rapportent aux premières années.

Les vers 165-170 de l'hymne IV contiennent des informations plus précises. Apollon dit en parlant de l'île de Kos : « Le destin lui doit un autre dieu, issu d'une race illustre « de sauveurs : sous son diadème se rangeront, heureux « d'avoir un Macédonien pour maître, l'un et l'autre con- « tinent, et les terres situées dans la mer, depuis l'endroit « où s'élancent les chevaux rapides du Soleil jusqu'aux « confins de l'occident. Il suivra les traditions de son « père (2). » Dans ce bel éloge de Philadelphe, dont Calli-

---

(1) Théocr., *Id.*, XVII, 58 et suiv.

64.   .... Κόως δ' ὀλόλυξεν ἰδοῖσα,
          φᾶ δὲ καθαπτομένα βρέφεος χείρεσσι φίλῃσιν.

(2) IV, 165 et suiv :

          ἀλλά οἱ ἐκ μοιρέων τις ὀφειλόμενος θεὸς ἄλλος
          ἐστί, σαωτήρων ὕπατον γένος · ᾧ ὑπὸ μίτρην
          ἵξεται οὐκ ἀέκουσα Μακηδόνι κοιρανέεσθαι
          ἀμφοτέρη μεσόγεια καὶ αἳ πελάγεσσι κάθηνται,
          μέχρις ὅπου περάτη τε, καὶ ὁππόθεν ὠκέες ἵπποι
          Ἥλιον φορέουσιν · ὃ δ' εἴσεται ἤθεα πατρός.

maque a dû peser chaque terme, selon son habitude, on
surprend une certaine emphase, mais on doit trouver
aussi, malgré l'exagération voulue de la louange, des
indications exactes. Callimaque a sans doute de la recherche et du bel esprit, mais il n'est jamais vague, et
chaque mot a chez lui une valeur propre. Dès lors, à
quelle époque du règne de Philadelphe peuvent s'appli-
quer les expressions « ἀμφοτέρη μεσόγεια, καὶ αἲ πελάγεσσι
κάθηνται », qui désignent évidemment l'Asie, l'Afrique et
les îles de la Méditerranée? Ce n'est point à son avènement, car l'affirmation serait inexacte. Ptolémée Soter,
après avoir envahi et conquis à plusieurs reprises l'Asie
Mineure, la perdit à la fin de son règne (1) ; Séleucus en
devint le maître en 295, et Ptolémée reçut de son père
l'empire des Lagides diminué de la Syrie. Les îles, et
entre autres Chypre, la plus importante de toutes, lui
appartenaient ; mais non, selon le mot de Callimaque,
l'un et l'autre continent. Cette expression deviendra dans
la suite plus vraie, à mesure que Philadelphe ajoutera
aux conquêtes de son père ses propres conquêtes. Pendant les dernières années du règne, elles seront parfai-
tement exactes : les deux vers de Callimaque ne feront
alors que résumer brièvement un passage significatif de
l'idylle XVII, dans lequel Théocrite énumère en détail,
et avec la plus grande précision, les possessions acquises
par Philadelphe à la suite de ses grandes guerres. « Il
« possède une partie de la Phénicie, de l'Arabie, de la
« Syrie, de la Libye, et des noirs Éthiopiens. Il commande
« à tous les Pamphyliens, aux Ciliciens armés de jave-
« lots, aux Lyciens, aux Cariens belliqueux, aux îles
« Cyclades. Ses vaisseaux sont les meilleurs qui naviguent
« sur les ondes. La mer tout entière, et la terre, et les
« fleuves retentissants, obéissent à Ptolémée (2). »

(1) Droysen, *Hellen.*, II, 48 et suiv.
(2) Théocr., XVII, 86 et suiv.

καὶ μὴν Φοινίκας ἀποτέμνεται Ἀραβίας τε

Mais d'autres allusions plus certaines encore de l'hymne
IV ne permettent pas d'admettre qu'il ait été composé à
la fin du règne de Philadelphe, et prouvent même qu'il
est antérieur à la première guerre entre Ptolémée, Antigone et Antiochus (266, 263). Il faut donc que les louanges
de Callimaque se rapportent aux premiers progrès de
Ptolémée Philadelphe dans l'Asie Mineure. On peut alors
les trouver excessives, mais non mensongères. En effet,
lorsqu'Antiochus, après la mort de Séleucus, monta sur
le trône de Syrie, son empire comprenait tous les pays
qui s'étendent depuis l'Hellespont jusqu'à l'Indus et à la
mer Rouge. Mais soudain, de tous côtés, les villes et les
provinces soumises se révoltent. Héraclée se déclare indé-
pendante ; Éphèse, Smyrne, Milet se soulèvent à leur
tour, Philétairos est tyran de Pergame, Eumène règne
sur Amastris. A la fin de 279, l'Asie Mineure presque tout
entière échappait à la domination d'Antiochus. Ptolémée
Philadelphe profita des embarras de son rival pour l'attaquer. Au nom d'un traité depuis longtemps oublié, conclu
entre Ptolémée Soter et Séleucus avant la bataille d'Ipsus,
il réclama la possession de l'Asie Mineure, l'envahit et
s'empara de la Cœlé-Syrie. Damas tomba au pouvoir du
roi d'Égypte (1). Ce fut la première tentative de Philadelphe pour s'assurer la possession exclusive de la Méditerranée. Il tenait d'ailleurs une partie des Cyclades,
Délos, Astypalée, peut-être Céos et tout le groupe des
Sporades (2). Chios, Lesbos et la Crète étaient seules indé-

> καὶ Συρίας Λιβύας τε κελαινῶν τ'Αἰθιοπήων.
> Παμφύλοισί τε πᾶσι καὶ αἰχμηταῖς Κιλίκεσσιν
> σαμαίνει, Λυκίοις τε φιλοπτολέμοισί τε Καρσίν,
> καὶ νάσοις Κυκλάδεσσιν, ἐπεὶ οἱ νᾶες ἄρισται
> πόντον ἐπιπλώοντι, θάλασσα δὲ πᾶσα καὶ αἶα
> καὶ ποταμοὶ κελάδοντες ἀνάσσονται Πτολεμαίῳ.

(1) Sur les possessions de Philadelphe, v. Bœckh, *Corp.* III, p. 282.
Droysen, *Hellen.*, II, 229 et suiv.

(2) V. Bœckh, *Corp. inscr. græc.*, nᵒˢ 2267, 2273 : « βασιλέα Πτολεμαῖον,
Πτολεμαίου Σωτῆρος, οἱ νησιῶται ἀνέθηκαν », — 2492. Astypalée appar-

pendantes. Callimaque pouvait donc, dès l'année 278,
dire, non sans enfler quelque peu l'éloge, *que le roi
d'Égypte régnait sur les îles et sur l'un et l'autre continent.*

Le passage suivant (171, 188), accompagné d'un commentaire du scholiaste, est encore plus caractéristique,
et ne laisse guère de doute sur la date de l'hymne. Nous
voyons dans cette scholie qu'après l'invasion et la défaite
des Galates en Phocide, Ptolémée Philadelphe en prit à
sa solde, qui lui furent envoyés par son allié Antigone.
S'apercevant qu'ils voulaient piller le trésor royal, il les
réunit et les envoya près d'une bouche du Nil, dans un
îlot, où ils furent noyés. Ainsi Philadelphe vengeait les
injures d'Apollon (1). Voici maintenant le récit du poète.
Apollon, « *devin encore enfermé dans le ventre de sa mère* »,
prédit l'arrivée de l'Arès Celtique envahissant la Grèce,
le fer et la flamme à la main. « Un jour », ajoute-t-il en
parlant de Ptolémée, « nous aurons à soutenir une lutte
« commune..... quand, déjà, près du temple de Phœbus
« on verra les phalanges ennemies, quand déjà touche-
« ront presque mes trépieds les épées et les baudriers
« téméraires et les lances odieuses qui bientôt prépare-
« ront à la multitude insensée des Galates un triste retour.
« Une partie de ces armes sera ma récompense ; les autres,
« entassées sur les bords du Nil, verront brûler sur un
« bûcher les cadavres de ceux qui les portaient. Ainsi le
« roi recevra le prix de ses grands travaux. Telle est la
« prophétie que je te révèle, ô Ptolémée (2). » Dépouillé du

tient à Évergète : « βασιλέως Πτολεμαίου θεοῦ Εὐεργέτα », — 2356, note
de Bœckh. « Cei paruerunt Ptolemæo Philadelpho cui tributum pen-
dendum erat. »

(1) Schol. ad IV, 175 : ὀλίγων οὖν περιλειφθέντων (τῶν Γάλλων) Ἀντί-
γονός τις φίλος τοῦ Φιλαδέλφου Πτολεμαίου προξενεῖ αὐτοὺς αὐτῷ ὥστε
ἐπὶ μισθῷ στρατεύεσθαι · καὶ γὰρ ἔχρηζεν ὁ Πτολεμαῖος τούτου τοῦ στρα-
τεύματος, οἳ δὲ ὁμοίως ἠβουλήθησαν καὶ τοῦ Πτολεμαίου διαρπάσαι τὰ
χρήματα · γνοὺς οὖν συλλαμβάνει αὐτοὺς καὶ ἀπάγει πρὸς τὸ στόμιον τοῦ
Νείλου τὸ λεγόμενον Σεβεννυτικὸν καὶ κατέκλυσεν αὐτοὺς ἐκεῖσε. »

(2) IV, 181 et suiv.

vêtement poétique qui l'enveloppe, ce passage de l'hymne rappelle très-exactement les grandes invasions des Gaulois en Grèce.

En 284, après la défaite des Boïens en Italie, les Celtes se jettent en grandes masses sur l'Illyrie. Encouragés par la mort de Lysimaque et de Séleucus, et par la lutte engagée entre Antigone et Ptolémée, ils se divisent en trois bandes et pénètrent en Grèce. Céraunos s'avance à leur rencontre et est tué dans un combat ; sa tête est promenée au bout d'une pique. Les Gaulois poursuivent leurs ravages, mais vaincus par Antipater, successeur de Méléagre et de Céraunos, ils se retirent en 280. Une seconde invasion a cependant lieu bientôt après. Une multitude de 152,000 fantassins et de 40,000 cavaliers armés, accompagnés de valets, de femmes, d'enfants et de vieillards, inonde le nord de la Grèce (279). Les plaines de la Thessalie ne sont plus que des ruines. Enfin, une armée grecque se réunit au passage des Thermopyles et arrête les barbares qui se préparaient à piller le temple de Delphes (1). Bientôt une légende se forme, créée par l'imagination populaire. Ce n'est plus seulement la bravoure des Grecs qui a repoussé les hordes ennemies, *« nombreuses comme des flocons de neige et comme les astres du ciel »* ; c'est le dieu lui-même, comme autrefois Zeus en lutte avec les Titans, qui a soulevé des tempêtes et des tremblements de terre pour défendre le lieu saint. Des flammes ont jailli du temple ; les héros antiques sont sortis de terre, terribles ; des rochers rebondissant des hauteurs du Parnasse ont écrasé les assaillants ; la neige les a ensevelis comme dans un linceul ; enfin, les Grecs, fortifiés par Apollon, ont achevé leur défaite, et massacré ceux qui survivaient encore (2). Quelques années plus tard, Ptolémée, engagé dans une guerre difficile contre Magas, roi de Cyrène, avait parmi ses troupes 4000 Gaulois que lui avait envoyés

______

(1) Droysen, *Hellen.*, I, 649 et suiv.
(2) Pausan., X, 19. 24.

Antigone Gonatas, devenu maître de la Macédoine, et
allié de l'Égypte. Ptolémée se débarrassa de ces dangereux serviteurs, en les faisant transporter dans un îlot
du Nil débordé, où ils périrent misérablement.

Tels sont les évènements auxquels fait allusion l'hymne
IV. Nous avons démontré plus haut qn'il pouvait avoir
été écrit à partir de 278 ; l'analyse qui précède prouve
que la date n'en peut être ni reculée avant 274, ni avancée
bien au-delà de 272. C'est en effet pendant ces deux années
seulement qu'a pu être contractée l'alliance dont parle
le scholiaste, entre Ptolémée et Antigone, menacés tous
les deux par les conquêtes extraordinaires et l'ambition
de Pyrrhus (1). En outre, sans parler du sujet même et
du sens général de l'hymne, qui font penser plutôt à la
jeunesse du prince qu'à sa maturité, la prophétie d'A-
pollon, limitée, comme on l'a vu, à l'invasion des Gaulois
et à leur triste fin, a dû être imaginée par le poète peu
après ces évènements. La disparition des Galates n'était
point un exploit assez glorieux et assez important pour
que le poète l'eût mentionné plusieurs années après,
dans un hymne où il n'était nullement nécessaire d'en
parler, et sans dire un mot des grandes conquêtes qui
suivirent. Callimaque écrivait donc ces vers avant la première guerre de Syrie, avant le plein épanouissement de
ce règne, plus éclatant que celui de Soter. Apollon, dans
l'hymne IV, loue Philadelphe de se conformer aux
exemples de son père. La louange semblerait insuffi-
sante, dans la bouche d'un courtisan, si elle s'appliquait
à la seconde partie du règne de Philadelphe. Elle était
au contraire très-flatteuse après les premiers succès du fils
préféré de Ptolémée Soter. Ainsi, tandis que l'hymne I
avait célébré l'avènement de Philadelphe et sa victoire
sur ses frères, l'hymne à Délos continuait l'apologie en
signalant les heureux résultats des dix premières années
du règne.

(1) Droysen, *Hellen.*, II, 243.

Quelque temps après l'invasion celtique, Ptolémée Philadelphe, pour faire obstacle à la puissance d'Antigone, favorisa ouvertement les révoltes des Grecs. Il ne pouvait voir sans inquiétude le roi de Macédoine, maître du continent hellénique, étendre son influence jusqu'à Byzance, et inquiéter, par ses alliances avec les pirates de la mer Égée, les intérêts commerciaux de l'empire des Lagides. Après avoir inutilement prêté son appui à Sparte, l'habile politique chercha en Grèce un autre centre d'opposition contre la Macédoine, et, lorsqu'en 266, Athènes, renouvelant les anciens combats contre Philippe, se souleva à la voix de ses philosophes, Ptolémée encouragea la résistance dirigée par Chrémonidès, et envoya une flotte au secours de la ville assiégée par Antigone. Seconder les efforts d'Athènes et se proclamer hautement le champion de la liberté des Grecs, n'était-ce pas assurer à l'Égypte les sympathies de toutes les villes grecques opprimées, et se préparer des alliances pour les guerres à venir (1)?

Si, en 272, Ptolémée était en apparence l'ami d'Antigone, — l'hyme IV en est la preuve, — sans doute il n'en cherchait pas moins dès cette époque à isoler au milieu de la Grèce son puissant allié et à l'entourer d'ennemis. Callimaque, en composant un hymne pour la fête solennelle de Délos, en associant le nom de Ptolémée à celui d'Apollon dans un même souvenir patriotique, en représentant la destruction des Galates ordonnée par le roi d'Égypte comme une conséquence de la victoire remportée à Delphes par le dieu, secondait la politique de Philadelphe et flattait l'orgueil hellénique. Il n'est donc pas douteux que l'hymne IV, consacré tout entier à la glorification de la religion délienne, dont il raconte en détail les rites principaux, a été composé pour une de ces grandes *théories* auxquelles envoyaient des chœurs, selon l'expression de Callimaque, toutes les villes, « celles

____

(1) Droysen, *Hellen.*, II, 205 et suiv.

« de l'aurore, celles du couchant, celles du midi, et celles
« aussi dont les habitants, établis au-delà des rivages hyper-
« boréens, remontent à l'origine la plus lointaine (1) ».

Ptolémée Philadelphe ne manqua pas de participer aux
fêtes de Délos, si chères aux Athéniens, et d'y apparaître
avec une pompe et une magnificence sans égales. Délos
appartenait à l'Égypte, et se félicitait de lui appartenir,
car nous la voyons, dans les inscriptions, tantôt con-
courir avec les autres Cyclades à l'érection d'un monu-
ment en l'honneur de Philadelphe, tantôt accorder le
titre de proxène et de bienfaiteur des Déliens à un gou-
verneur nommé par le roi d'Égypte (2). Cette préoccupation de plaire à Athènes et de chanter sa gloire se trahit
jusque dans certains détails, en apparence secondaires,
de l'hymne. Dans l'énumération des rites anciens qui se
rattachent au culte d'Apollon Délien, Callimaque n'a
garde d'oublier ceux auxquels s'intéressait le patriotisme
athénien. Il ne néglige pas même les traditions étran-
gères au culte d'Apollon, mais seulement déliennes, et il
rappelle le nom de Thésée, le héros athénien, qui était
passé par Délos en revenant de Crète. « Ce jour-là, on
« charge de couronnes l'image sainte et célèbre de l'an-
« tique Cypris, que Thésée et les jeunes garçons consa-
« crèrent à leur retour de Crète. Échappés au taureau
« mugissant, fils sauvage de Pasiphaé, ô déesse, autour de
« ton autel, au son des cithares, ils dansèrent en rond,
« et Thésée conduisit le chœur. C'est pourquoi les fils de
« Cécrops envoient, avec la théorie sacrée de Phœbus, les
« agrès, toujours conservés, du navire de Thésée (3) ».

(1) IV, 279 et suiv.

(2) Bœckh, *Corp. inscr. græc.*, n° 2267 : « ἐπειδὴ οἱ ἀποσταλέντες ἄγγελοι
οἱ παρὰ βασιλέα Πτολεμαῖον ὑπὸ τῶν πολιτῶν ἀναγγέλλουσιν τῷ δήμῳ, ὅτι
Δίκαιος, τεταγμένος ὑπὸ τὸν βασιλέα Πτολεμαῖον, ἀνὴρ ἀγαθός ἐστι, etc.....
εἶναι δὲ καὶ αὐτὸν πρόξενον καὶ εὐεργέτην τοῦ ἱεροῦ καὶ Δηλίων ».

(3) IV, 307 et suiv.

> ἔνθεν ἀειζώοντα, θεωρίδος ἱερά, Φοίβῳ
> Κεκροπίδαι πέμπουσι τοπήια νηὸς ἐκείνης.

Ces dernières remarques confirment encore les précédentes observations, et nous pouvons conclure, presque avec certitude, que l'hymne IV fut composé entre 274 et 272, alors que Ptolémée Philadelphe, déjà maître de la Cœlé-Syrie, cherchait à soulever la Grèce contre Antigone, pour attaquer sans danger l'empire des Séleucides, et qu'il fut récité dans une des grandes fêtes d'Apollon Délien.

III. (*Hymne III, à Artémis.*)

L'hymne à Artémis a un tout autre caractère que les deux précédents. Jusqu'ici Callimaque avait choisi dans la légende d'un dieu les traits qui convenaient particulièrement au prince dont il écrivait l'éloge; il paraît au contraire avoir voulu, dans l'hymne III, énumérer tous les attributs de la déesse Artémis et la célébrer sous ses différents noms. Les lentes narrations, les gracieux épisodes, les descriptions patientes se succèdent dans ce long morceau où, malgré quelques apostrophes et quelques exclamations semées çà et là dans la continuité du récit, on reconnaît plutôt le ton de l'épopée que celui de la poésie lyrique. Au milieu de ces nombreux détails, il semble tout d'abord impossible de retrouver l'intention réelle du poète et l'objet particulier de l'hymne. On n'y soupçonne ni allusions, ni aucune préoccupation des choses du moment; on n'y voit même pas si l'œuvre est destinée à une récitation publique, ou seulement aux lecteurs érudits. Il n'est cependant pas vraisemblable que l'hymne III diffère si profondément de ceux qui l'entourent et que le poète, en l'écrivant, n'ait songé à aucun personnage et à aucun évènement contemporain. Les habitudes de composition de Callimaque nous permettent plutôt d'affirmer que l'hymne à Artémis a dû être écrit pour une circonstance déterminée.

Dans toute la première partie de l'hymne, le poète raconte avec agrément comment Artémis obtint de Zeus les privilèges qu'elle désirait, la virginité, l'adresse et la vigueur infatigables, comment elle alla, dans l'île retentissante des Cyclopes, demander à Héphaistos un carquois et des flèches, et, en Arcadie, réclamer de Pan des chiens rapides. A peine armée, elle saisit à la course, sur les flancs du Parrhasios, les biches merveilleuses qui traîneront son char ; une d'entre elles, la biche aux pieds d'airain, réservée par Héra aux travaux d'Héraclès, s'enfuit (1). — Après ce premier exploit, la déesse parcourt les hauteurs de l'Hémus et de l'Olympe, perçant de ses traits les arbres et les bêtes, et enfin, poursuivant de sa colère la ville des méchants (2). — Le poète, après une invocation à la déesse, décrit ensuite longuement son apparition parmi les dieux, l'accueil qui lui est fait, la place qu'elle occupe auprès de son frère Apollon, la manière dont ses biches dételées sont soignées et nourries (3). — Ici seulement, après ces descriptions, commence la seconde partie de l'hymne, l'énumération des différents sanctuaires d'Artémis à Délos, en Laconie, en Attique, dans la Scythie, dans les îles comme sur le continent, près de la mer comme sur les montagnes (4). — Culte crétois d'Artémis ; histoire de la nymphe Britomartis poursuivie par Minos (5). — Culte d'Artémis en Thessalie : Cyréné et Atalante : description des nymphes consacrées à Artémis, leur costume et leurs attributs (6). — Culte d'Artémis en Asie Mineure, dans les Cyclades, en Arcadie (7). — Parmi tous ces cultes, le plus célèbre est celui que les Amazones fondèrent à Éphèse, où se dressa plus tard le magnifique temple d'Artémis. Protégée par la déesse, Éphèse repousse les attaques de l'armée

(1) III, 1, 109.
(2) III, 110, 135.
(3) III, 136, 170.
(4) III, 171, 189.
(5) III, 190, 205.
(6) III, 206, 224.
(7) III, 225, 236.

innombrable des Cimmériens, qui ne revirent plus la Scythie, leur patrie (1). — Épilogue : il est dangereux de négliger le culte d'Artémis; la déesse punit cruellement l'impiété (2).

Si l'hymne III a été composé, comme nous le croyons, en vue d'une fête spéciale, c'est certainement dans la dernière partie, où sont énumérés les différents noms de la déesse, que doivent se trouver les preuves à l'appui de notre conjecture. Or, cette énumération, qui occupe seulement 82 vers (170, 258), comprend une grande quantité de villes répandues à travers le monde grec, et dont la plupart sont mentionnées très-rapidement, quelques-unes même d'un seul mot. On ne peut guère supposer que le poète n'eût accordé qu'un aussi bref souvenir à la divinité locale qu'il célébrait, et qu'il n'eût désigné, ni son temple, ni les cérémonies de son culte. D'ailleurs, parmi les légendes sur lesquelles il a plus longuement insisté, on ne peut considérer ni celle de Britomartis, ni celle d'Atalante comme l'objet même de l'hymne. Callimaque parle à peine dans la première et ne parle pas du tout dans la seconde du sanctuaire de la déesse et des rites traditionnels. Il est impossible par conséquent d'y soupçonner aucune allusion à quelque grande cérémonie religieuse, comme celles que la générosité intelligente des Ptolémées favorisait dans les provinces sujettes. Enfin, ni l'île de Crète, ni la Thessalie, où étaient nées ces deux légendes, ne dépendaient de l'empire égyptien.

Il n'en est pas de même du long passage de 22 vers consacré à l'Artémis d'Éphèse. Dans ce morceau qui est, avec intention, placé à la fin de l'hymne, et qui en contient le sens et la conclusion, Callimaque rappelle les origines du culte asiatique de la déesse, décrit les cérémonies qui s'accomplissaient dans le temple, un des plus magnifiques du monde, et raconte enfin, pour inspirer le

(1) III, 237, 258.
(2) III, 259, 268.

respect et la terreur de la divinité, un des évènements dramatiques dont ce pays fut autrefois le théâtre. Cet épisode a une composition tout à fait analogue à celle de l'épisode correspondant de l'hymne II en l'honneur d'Apollon Carnéen (II, 73, 104), qui fut, en effet, composé pour une fête de ce dieu, à Cyrène : « A toi aussi, les « Amazones belliqueuses ont autrefois consacré une sta- « tue, près de la maritime Éphèse, sous le tronc d'un « grand hêtre. Hippo accomplit le sacrifice, et autour de « la statue, les Amazones, ô reine Upis, dansèrent une « danse sacrée, en armes, s'avançant d'abord en lignes, « puis se mettant en cercle, et formant un grand chœur. « Leurs flûtes harmonieuses faisaient entendre des sons « aigus (on ne savait pas encore percer de trous les os « des jeunes faons, invention de Minerve, cruelle à la « race des cerfs), et l'écho de leurs chants allait jusqu'à « Sardes et à Bérécynthe ; de leurs pieds elles frappaient « fortement le sol, et leurs carquois résonnaient. *Ensuite,* « *autour de cette statue on éleva un grand temple. L'aurore* « *n'en verra jamas de plus merveilleux et de plus opulent ; il* « *l'emporterait facilement sur le temple mê e de Pytho* (1). » C'est là, en effet, que se réunissaient les panégyries ioniennes semblables à celles que célèbre l'hymne homérique à Apollon Délien (2). — Les grandes processions, pendant lesquelles les jeunes filles et les éphèbes réci- taient les louanges de la déesse, en se rendant au temple, séparé de la ville par une distance de sept stades, les concours de musique qui y avaient lieu, enfin l'antiquité et la célébrité de ce culte à la fois hellénique et oriental, tout cela suffirait à expliquer les vers de Callimaque (3).

(1) III, 237 et suiv. :

248...... κεῖνο δέ τοι μετέπειτα περὶ βρέτας εὐρυθέμειλον
δῶμ᾽ ἤρθη · τοῦ δ᾽ οὔ τι θεώτερον ὄψεται ἠώς,
οὐδ᾽ ἀφνειότερον · ῥέα κεν Πυθῶνα παρέλθοι.

(2) Hymne à Ap., I, 146 et suiv.
(3) Den. Hal., IV, 25. — Ach. Tat., VI, 4 ; VII, 12 ; VIII, 17. —

Bien plus, en composant un hymne pour la plus grande fête de l'Asie Mineure, Callimaque secondait les projets du roi d'Égypte. Les premiers Ptolémées cherchèrent toujours et parvinrent plusieurs fois à s'emparer des côtes de l'Asie Mineure. Le développement de leur puissance maritime et commerciale l'exigeait. Maîtres à la fois de la mer Rouge et de la Méditerranée, ils devenaient sans contredit les véritables héritiers de l'empire d'Alexandre. Alexandrie était, selon la pensée de son fondateur, la capitale du monde. Ce grand dessein fut en partie réalisé par les premiers Ptolémées. Évergète reçut la succession d'un grand empire qui comprenait l'Égypte, la Libye, la Syrie, la Phénicie, Chypre, la Lycie, la Carie et les Cyclades (1). Pendant la seconde guerre de Syrie (258, 248), Éphèse tomba au pouvoir de l'Égypte, puis la conquête de Magnésie par Callistratos de Cyrène assura à Ptolémée Philadelphe la possession du pays depuis Éphèse jusqu'à Milet ; les belles plaines du Kaystre et du Méandre appartinrent aux Égyptiens, pendant que l'île de Samos offrait une station à leurs flottes (2).

N'est-il pas vraisemblable que Ptolémée Philadelphe, suivant l'exemple d'Alexandre, chercha à s'attirer les sympathies des populations conquises, en respectant et favorisant leurs cultes ? Ne suivit-il pas à leur égard la même politique qu'à l'égard des Égyptiens ? Dès lors, le moyen le plus habile et le plus sûr n'était-il pas de célébrer à grands frais leurs cérémonies nationales, et de faire chanter, par exemple, la plus grande divinité de l'Asie

Xenoph., *Ephes.*, I, 2: « ἤγετο δὲ τῆς Ἀρτέμιδος ἐπιχώριος ἑορτὴ ἀπὸ τῆς πόλεως ἐπὶ τὸ ἱερόν · στάδιοι δ' εἰσὶν ἑπτά · ἔδει δὲ πομπεύειν πάσας τὰς ἐπιχωρίους παρθένους, κεκοσμημένας πολυτελῶς, καὶ τοὺς ἐφήβους, ὅσοι τὴν αὐτὴν ἡλικίαν εἶχον τῷ Ἀβροκόμῃ....., πολὺ δὲ πλῆθος ἐπὶ τὴν θέαν, etc. » — V. dans Strab., XIV, 640, l'histoire du temple d'Éphèse.

(1) Bœckh, *Corp. inscr. græc.*, n° 5127 : « παραλαβὼν παρὰ τοῦ πατρὸς τὴν βασιλείαν, Αἰγύπτου καὶ Λιβύης καὶ Συρίας καὶ Φοινίκης, καὶ Κύπρου καὶ Λυκίας καὶ Καρίας καὶ τῶν Κυκλάδων νήσων. »

(2) Droysen, *Hellen.*, II, 289.

Mineure par le plus grand poète d'Alexandrie ? Soit donc
que l'hymne de Callimaque ait été récité dans la pompe
solennelle, comme pourraient le faire supposer les temps
d'arrêt qui s'y trouvent et les fréquents appels adressés
à la déesse (110, 136, 183, 204, 225, 237, 259), soit au
contraire, comme l'indiquerait plutôt la couleur épique
du poème, qu'il ait été destiné, de même que les anciens
hymnes des rhapsodes, au concours musical qui suivait la
fête religieuse, il est du moins très-probable qu'il fut
écrit pour une grande panégyrie en l'honneur d'Artémis,
après la conquête d'Éphèse par Ptolémée Philadelphe (1).

Après avoir vanté la beauté du temple d'Artémis,
Callimaque, pour montrer que la déesse protège son
temple et sa ville, raconte l'histoire d'un roi barbare qui
envahit autrefois l'Asie et fut repoussé d'Éphèse. « L'inso-
« lent Lygdamis, dit-il, osa, dans sa folie, menacer de piller
« le temple, et il conduisit une armée nombreuse comme
« les grains de sable, l'armée des Cimmériens qui traient
« leurs cavales. Ils habitent dans le voisinage du Bosphore
« de la fille d'Inachos. Roi insensé ! erreur funeste ! Il ne
« devait plus revenir dans la Scythie, ni lui, ni aucun de
« ceux dont les chars emplissaient la plaine du Kaystre,
« car, au-dessus d'Éphèse, ô déesse, ton arc redoutable
« est toujours tendu (2). » L'histoire de ce roi peu connu
des Cimmériens devrait, selon le procédé habituel du
poète, cacher le souvenir d'un fait contemporain. C'est

(1) Tacite, *Ann.*, III, 61, raconte l'histoire du temple d'Éphèse
jusqu'à Tibère. Nous voyons dans ce récit la preuve que les Ptolémées protégèrent le temple et favorisèrent le culte de la déesse.
« ...Auctam hinc, concessu Herculis, quum Lydia potiretur, cærimo-
niam templo : neque Persarum ditione deminutum jus. Post *Macedonas,* dein nos servavisse. » Le mot *Macedonas* s'applique plus directement aux Lagides qu'à tous les autres successeurs d'Alexandre.
Dans tous les cas, ils sont eux-mêmes compris dans ce terme général.

(2) III, 251, 258. V. le récit de cette invasion dans Strab., I, 61 :
« ..... Λύγδαμις δὲ τοὺς αὑτοῦ ἄγων μεχρὶ Λυδίας καὶ Ἰωνίας ἤλασε καὶ
Σάρδεις, ἐν Κιλιχία δὲ διεφθάρη. » — Strab., XIII, 67. — Hérodote,
I, 15.

ainsi qu'il cherchait à exciter, par l'imprévu de l'allusion et les difficultés de la découverte, la curiosité des lecteurs délicats. Or, quelques années auparavant, les Celtes, venus de la Thrace, après avoir combattu au service de Nicomède, roi de Bithynie, avaient envahi l'Asie Mineure. Bien qu'ils ne fussent pas très-nombreux, la terreur que produisit leur approche grossit leur multitude ; ils allèrent, ravageant et pillant tout sur leur passage, jusqu'en Carie (1). Les habitants de Thémison, sur les frontières de la Carie, s'enfuirent avec leurs femmes et leurs enfants dans une caverne, et crurent qu'ils devaient leur salut aux statues des dieux qui en ornaient l'entrée (2). Éphèse, dont la richesse et la célébrité avaient enflammé la cupidité des barbares, fut prise, ou, du moins, courut les plus grands dangers. L'historien Clitophon racontait que la ville fut livrée par une femme, pour des bijoux, comme l'avait été la ville de Rome (3). Repoussés enfin par Antigone, les envahisseurs obtinrent sur les bords de 'Halys un territoire où ils s'établirent. Bien que tous les détails de cet évènement ne soient pas absolument semblables à ceux que rappelle Callimaque, il y a cependant une analogie frappante entre les deux récits. Le poète alexandrin ne pouvait choisir une histoire plus tragique, et dont le souvenir fût encore plus présent, pour célébrer la puissance d'Artémis. L'invasion des Cimmériens, que les habitants d'Éphèse ignoraient sans doute, leur rappellerait du moins l'invasion des Gaulois. Cette savante allusion contenterait à la fois les lettrés et la foule, les

(1) Tite-Live, XXXVIII, 16.

(2) Pausanias, X, 32, 5.

(3) Plutarque, *Parall.*, 15 : « Βρέννος Γαλατῶν βασιλεύς, λεηλατῶν τὴν Ἀσίαν, ἐπὶ Ἔφεσον ἦλθε, καὶ ἠράσθη παρθένου δημοτικῆς · ἡ δὲ συνελθεῖν ὑπέσχετο ἐὰν τὰ ψέλλια καὶ τὸν κόσμον τῶν γυναικῶν δῷ αὐτῇ, καὶ τὴν Ἔφεσον προδοῦναι · ὁ δ' ἠξίωσε τοὺς στρατιώτας ἐμβαλεῖν εἰς τὸν κόλπον ὃν εἶχον χρυσὸν τῆς φιλαργύρου. Ποιησάντων δέ, ὑπὸ τῆς δαψιλείας τοῦ χρυσοῦ ζῶσα κατεχώσθη, καθάπερ ἱστορεῖ Κλειτοφῶν ἐν πρώτῳ Γαλατικῶν. »

amateurs d'érudition et d'antiquité, et ceux qui voulaient trouver dans les hymnes religieux l'écho de leurs plus récentes émotions (1).

Il est donc permis de conclure sans trop de présomption, mais aussi sans pouvoir l'affirmer avec certitude, que l'hymne III a été composé entre 258 et 248, pendant les dix dernières années du règne de Philadelphe, et pour une de ces belles cérémonies qui faisaient accepter plus volontiers des provinces soumises la domination de l'Égypte.

IV. (*Hymne VI, à Déméter.*)

L'hymne VI déconcerte tout d'abord les conjectures, comme le précédent; il paraît téméraire d'en essayer l'explication et d'en chercher le réel dessein.

Après une courte invocation à Déméter dont la corbeille sacrée va passer au milieu des adorateurs de la déesse (2), — le poète rappelle indirectement et en quelques vers rapides le mythe d'Éleusis, la course douloureuse de Déméter à la recherche de Kora (3), — pour arriver ensuite à l'énumération des principaux sanctuaires dans lesquels Déméter est adorée (4). — Déméter aimait particulièrement Dotium en Thessalie. C'est là que le fils de Triopas, Érésichthon, ayant osé abattre des arbres

---

(1) Callimaque a parlé à plusieurs reprises de l'invasion des Galates, d'abord dans l'hymne IV, et aussi sans doute dans les *Aitia*. C'est en effet aux *Aitia* que Schneider rattache deux vers où il est question de Brennus (fragm. 443).

οὓς Βρέννος ἀφ' ἑσπερίοιο θαλάσσης
ἤγαγεν Ἑλλήνων εἰς ἐπαναστασίην.

Il n'est donc pas invraisemblable qu'il ait encore indirectement fait allusion à cette invasion, dont les traces étaient encore récentes dans un hymne en l'honneur de l'Artémis d'Éphèse.

(2) VI, 1, 6.
(3) VI, 7, 16.
(4) VI, 17, 25.

consacrés à la déesse, paya chèrement la peine de son
sacrilège. En proie à une faim dévorante, toujours in-
assouvie, il épuisa, sans pouvoir se rassasier, la riche
maison de son père, et fut enfin réduit à aller mendier
dans les carrefours (1). — Cette histoire est suivie d'une
nouvelle invocation à la déesse, et de quelques détails
sur la cérémonie religieuse (2). — Épilogue.

Le premier vers de l'hymne est accompagné d'une
scholie où nous voyons que Ptolémée Philadelphe, pour
imiter les grandes fêtes religieuses des Athéniens, avait
institué à Alexandrie une solennité en l'honneur de Déméter, dans laquelle, entre autres choses, était repré-
senté le passage du *calathos* (3). L'hymne à Déméter a
donc été composé pendant le règne de Philadelphe. Nous
devrions en conclure aussi qu'il a été composé pour une
fête d'Alexandrie, mais le témoignage du scholiaste
manque de précision et ne s'applique pas nécessairement
à l'œuvre de Callimaque. En outre, quand même l'affirmation serait plus précise encore, elle ne ferait pas preuve
à elle seule, surtout si l'examen de l'hymne fournit des
arguments, ou même suggère des conjectures contraires,
suffisamment établies. Dans ce cas, les preuves intrin-
sèques devront l'emporter sur les preuves tirées du de-
hors.

Remarquons d'abord que l'hymne VI est écrit en dialecte dorien, tout comme l'hymne V, lequel était évidemment destiné à une fête dorienne qui se célébrait à
Argos (4). Ce seul rapprochement ferait logiquement sup-

(1) VI, 26, 116.
(2) 117, 134.
(3) « ὁ Φιλάδελφος Πτολεμαῖος κατὰ μίμησιν τῶν Ἀθηνῶν ἔθη τινὰ
ἵδρυσεν ἐν Ἀλεξανδρείᾳ, ἐν οἷς καὶ τὴν τοῦ καλάθου πρόοδον· ἔθος γὰρ
ἦν ἐν Ἀθήναις, ἐν ὡρισμένῃ ἡμερᾳ ἐπὶ ὀχήματο. φέρεσθαι καλάθιον εἰς
τιμὴν τῆς Δήμητρος. »
(4) Nous n'avons pas fait entrer dans cette étude l'hymne V, sur
les bains de Pallas, parce qu'il est écrit en vers élégiaques. Comme
tel, il se rattache naturellement à la série des poèmes élégiaques·

poser que l'hymne VI ne devait pas être récité à Alexandrie, dans une fête athénienne (1). Quel en est d'ailleurs le sujet? Est-ce le récit de l'enlèvement de Kora par Hadès, ou l'histoire de la découverte du blé et de la charrue, et des premières institutions de Triptolème, sujets traditionnels des Éleusinies et des Thesmophories, comme le prouve, au moins pour les Éleusinies, l'hymne homérique à Déméter? A peine le souvenir de ces mythes si importants occupe-t-il quelques vers dans l'hymne tout entier. Le poète paraît n'y faire volontairement qu'une allusion rapide, pour passer à un autre sujet. « Non, non, dit-il, « à propos de l'enlèvement de Kora, ne parlons pas de ce « qui a fait verser des pleurs à Déméter (2). » Quant à la

Callimaque, aux *Aitia,* par exemple. Il n'ajouterait rien d'ailleurs à ce que nous apprennent les autres hymnes sur la vie de Callimaque et sur le règne de Ptolémée Philadelphe. Ce n'est cependant pas sans raison qu'il fut compris dans la collection des hymnes. Le poète voulut sans doute rapprocher les uns des autres dans un même recueil les poèmes de circonstance qu'il avait composés pour les fêtes des plus grandes divinités de l'Olympe. Aussi peut-on remarquer qu'ils sont rangés d'après l'importance des dieux qu'ils célèbrent. Après Zeus, le roi des dieux, viennent Apollon et Artémis, les deux enfants de Latone, puis l'île de Délos qui les vit naître, puis l'élégie sur les bains de Pallas où ne se trouve qu'un épisode du culte de la déesse, et enfin Déméter, la déesse infernale. Tous ces hymnes, à quelque divinité qu'ils fussent adressés, furent destinés à une représentation publique : à ce titre, l'hymne V fait légitimement partie du recueil. Une autre cause enfin a pu faire rejeter les deux hymnes à Pallas et à Déméter après ceux qui chantent Apollon et Artémis, c'est qu'ils sont écrits dans un autre dialecte.

(1) Callimaque avait aussi écrit un hymne en dialecte dorien pour la ville de Syracuse. Il semble, d'après le fragment 146, que dans cet hymne, le poète avait raconté l'enlèvement de Kora. Un des vers conservés indique le mouvement d'une procession : ἀγέτω θεός, οὐ γὰρ ἐγὼ δίχα τῷδ' ἀείδειν. Dans tous les cas, ces vers prouvent que Calimaque changeait de dialecte, selon qu'il écrivait pour des Ioniens ou pour des Doriens.

(2) VI, 17 :

   μὴ μὴ ταῦτα λέγωμες, ἃ δάκρυον ἄγαγε Δηοῖ.

belle invention de Triptolème, il lui accorde seulement
trois vers (1). Au contraire, l'histoire d'Érésichthon occupe
90 vers sur 139, les deux tiers du poème. Est-il possible
d'admettre qu'un poète scrupuleux et avisé, comme l'était
Callimaque, si habile à disposer les différentes parties
d'une œuvre dans laquelle tout est voulu, rien n'est laissé
au hasard, se soit étendu sur un épisode inutile, au point
de sacrifier le sujet principal? Pourquoi la légende de
Triopas serait-elle seule développée avec complaisance,
et mise en un saisissant relief, dans une cérémonie religieuse où elle n'avait que faire? Pourquoi le poète aurait-il
successivement rejeté, après y avoir touché brièvement,
les points principaux du mythe de Déméter, sinon parce
que son hymne devait être consacré à un mythe particulier, à ce mythe même de Triopas? Aurait-il voulu seulement sortir du cadre banal que les précédents lui impo-
saient, renouveler la louange de Déméter, surprendre les
assistants et les lecteurs par quelque chose d'imprévu?
Cette dérogation aux habitudes anciennes, Callimaque
en était bien capable; mais, si elle pouvait plaire aux érudits dans une œuvre faite pour être lue, elle n'eût été ni
comprise ni admirée dans une œuvre faite pour une représentation publique. Il y avait là des règles dont il était
difficile de s'affranchir. Philadelphe, en instituant des
fêtes analogues à celles des Athéniens, pour resserrer les
liens qui unissaient la Grèce à l'Égypte, voulait sans
doute que la tradition fût respectée, et que les assistants
crussent entendre l'éloge du dieu, tel qu'autrefois le
chantaient les poètes.

La note du scholiaste n'est donc qu'un simple rensei-
gnement sur les institutions de Ptolémée Philadelphe,
et elle ne prouve nullement que l'hymne VI fût destiné à

(1) VI, 20 :

κάλλιον, ὡς καλάμαν τε καὶ ἱερὰ δράγματα πράτα
ἀσταχύων ἀπέκοψε καὶ ἐν βόας ἧκε πατῆσαι,
ἁνίκα Τριπτόλεμος ἀγαθὰν ἐδιδάσκετο τέχναν.

une fête d'Alexandrie. Fidèles à la méthode que nous avons suivie jusqu'ici, non sans profit pour l'intelligence des autres hymnes, nous pouvons encore chercher l'explication de celui-ci dans l'épisode principal qui le caractérise.

Dans l'idylle XVII de Théocrite, au vers 66, l'île dorienne de Kos parle ainsi à Philadelphe naissant : « Enfant, sois « heureux, honore-moi comme Phœbus Apollon a honoré « Délos au noir bandeau, et de même qu'Apollon a aimé « Rhénée, *accorde les mêmes honneurs au temple de Triops,* « *et des privilèges égaux aux Doriens qui l'avoisinent* (1). » Le scholiaste nous apprend à propos de ces vers que Philadelphe avait favorisé les pèlerinages des Doriens au Triopium de Cnide, ainsi que les panégyries qui y avaient lieu, et les jeux qui s'y célébraient en l'honneur d'Apollon, de Posidon et des nymphes (2). Le Triops, roi de Kos, dont parlent ici Théocrite et son scholiaste, est certainement ce même personnage que la fable appelait aussi Triopas, et qu'elle faisait tantôt fils de l'Argien Phorbas, tantôt fils d'Abas. Il arrivait fréquemment que les mêmes traditions et les mêmes sacrifices passaient d'une famille dans une autre. Ce Triopas était celui dont la légende racontait que, chassé de Thessalie à cause d'un sacrilège, il avait apaisé la colère de Déméter en lui élevant un sanctuaire dans la Carie, à l'extrémité du promontoire de Cnide, qui prit le nom de Triopium. Les Doriens s'y réunissaient pour une fête solennelle, analogue à la fête solennelle de l'Artémis d'Éphèse. Bien qu'on y offrît des sacrifices à Apollon, à Posidon et aux nymphes, les divi-

(1) Théocr., XVII, 68, 69 :

ἐν δὲ μιᾷ τιμᾷ Τρίοπος καταθεῖο κολώναν,
ἴσον Δωριέεσσι νέμων γέρας ἐγγὺς ἐοῦσιν,
ὅσσον καὶ ʽΡήνειαν ἄναξ ἐφίλησεν Ἀπόλλων.

(2) Schol : « ὡς τοῦ Φιλαδέλφου ἐσπουδακότος περὶ τὴν ἐν τῷ Τριόπῳ τῶν Δωριέων σύνοδον καὶ τὴν αὐτόθι δρωμένην πανήγυριν καὶ τὸν ἀγῶνα τὸν ἀγόμενον (ἢ ἀγωνιζομενον) Ποσειδῶνι καὶ Νύμφαις, etc. »

nités principales du lieu étaient Déméter et Kora. Ce sanctuaire était si célèbre, qu'on y venait de tous les points
de l'Asie, et que la renommée en durait encore au deu-
xième siècle de l'ère chrétienne. Nous en trouvons la
preuve dans deux inscriptions du rhéteur Hérode Atticus,
qui rappellent à la fois et unissent dans un même hom-
mage le Triopium et le culte de Déméter et de Cora. « Ces
« colonnes, dit l'une des inscriptions, ont été élevées en
« l'honneur de Déméter, de Kora et des dieux souterrains ;
« que personne ne les enlève du Triopium situé près de
la troisième pierre milliaire, sur la voie Appienne, dans
« le domaine d'Hérode. » N'y a-t-il pas là un souvenir
du Triopium de Cnide, qu'Atticus avait sans doute visité
pendant son séjour en Asie Mineure, et l'invocation de
Déméter et de sa fille Kora ne prouve-t-elle pas que ces
deux divinités étaient également adorées dans le fameux
sanctuaire de l'Asie ? — Après la mort de sa femme en-
levée à l'affection de son mari par les dieux souterrains,
le rhéteur, bel esprit, avait donné le nom de Triopium au
domaine qu'elle lui avait apporté en dot ; dans sa manie
d'érudition, il s'était plu à en faire une reproduction du
temple de Cnide, et à y mettre des inscriptions antiques.
—Ne voit-on pas enfin que ce Triopium de Carie est bien
celui dont parle Callimaque dans l'hymne VI, à propos de
la fable d'Érésichthon ? « *La déesse aimait ce lieu (Dotium)
autant qu'Éleusis, autant que Triopium, autant qu'Enna* (1). »

(1) Voir à ce sujet les inscriptions 26 et 6280 du *Corpus* de Bœckh. La
première surtout est décisive, comme on a pu le voir par la traduction
que nous en avons donnée : « καὶ οἱ κίονες Δήμητρος καὶ Κόρης ἀνάθημα
καὶ χθονίων θεῶν · καὶ οὐδενὶ θεμιτὸν μετακινῆσαι ἐκ τοῦ Τριοπίου, ὅ ἐστιν
ἐπὶ τοῦ τρίτου ἐν τῇ ὁδῷ τῇ Ἀππίᾳ ἐν τῷ Ἡρώδου ἀγρῷ · οὐ γὰρ λώϊον
τῷ κινήσαντι · μάρτυς δαίμων ἐνοδία. » Nous croyons devoir appuyer
notre opinion sur l'autorité du commentaire de Bœckh : « Heliades
Triopas, quum in Dotio Thessaliæ campo Cereris lucum violasset,
profugus inde in Cnidio Cariæ promontorio condidit Triopium ; etsi
alii Triopam Phorbantis f. Argivum, vel Triopam Abantis (Theocr..
XVII, 69, Schol.) ejusdem conditorem ferebant, ab alio ad alium
sacra transferentibus gentiliciis fabulis,..... haud dubie fabulæ finxe-

Nous savons que Ptolémée Philadelphe, fidèle à **sa** politique, encouragea les panégyries doriennes. Comment les aurait-il mieux encouragées qu'en y prenant part lui-même au nom de l'Égypte devenue un empire grec ? Comment aurait-il mieux mérité les sympathies des îles doriennes de la mer Égée, qu'en envoyant une théorie aux solennités du Triopium (2), et en demandant à Callimaque un poème pour la Déméter de Cnide, comme il lui en avait demandé un pour l'Artémis d'Éphèse ? L'emploi du dialecte dorien dans l'hymne VI et la place prépondérante qu'y occupe la fable d'Érésichthon ne peuvent s'expliquer que de cette manière. Callimaque, écrivant un hymne pour une panégyrie des Doriens, flatte leur amour-propre national en se servant de leur langue, et comme l'hymne était destiné au culte triopien de Déméter, le poète raconte longuement la légende d'où ce culte était sorti. Ainsi, l'hymne VI ressemble aux précédents et répond aux mêmes préoccupations ; il fut,

rant, Triopam ex Thessalia expulsum Triopio Cariæ sacro Cereali Cereris placavisse iram. Nam etsi Neptunus, Apollo, Nymphæ in eo Cariæ sacro venerationem habuerunt, tamen dubium non est illud quoque sacrum potissimum Cereale fuisse : neque enim ad aliud licet referre locum Callimachi, in Cerer. 30: « θεὰ δ' ἐπεμαίνετο χώρῳ ὅσσον Ἐλευσῖνι, Τριοπᾷδ' ὅσον, ὀκκόσον Ἔννᾳ. »...... Accedit quod ipse Herodeus titulus de consecratione septi, vs. 36, Triopæ Cereris violatoris mentionem faciens, eumdem tamen vocat Δηῶον, Cerealem; ut videas illum agnovisse, Triopam Heliaden s. Aeoliden Erysichthonis patrem, qui Cererem violaverat, fuisse ejusdem cultorem : ubi vero fuerit, nisi in Triopio Cariæ ? » — V. à ce sujet : Vidal-Lablache, *Hérode Atticus, étude critique sur sa vie*, p. 66. — V. Preller, *Griech. Myth.*, I, 638 : « In der Gegend von Knidos, welches seine Bevölkerung aus dem Dotischen Gefilde in Thessalien erhalten hatte, galt derselbe Erysichthon unter den Namen Triopas oder sein Sohn dieses Namens für den Urheber der Triopischen sacra, *in welchen der Dienst des Apollo auf eigenthümliche Weise mit denen der chthonischen Götter, insbesondere der Demeter und Persephone, verschmolzen war.* » Sur l'orthographe du mot Τριοπᾷδ', au vers 31 de l'hymne VI, v. Schneider. liv. cit., I, 375. Nous avons traduit par *Triopium* pour plus de clarté.

comme les autres, un témoignage de l'ingénieuse industrie du poète, et un instrument de la politique du prince.

Ptolémée Philadelphe s'empara de la Carie pendant la seconde guerre de Syrie (258, 248). La Carie est désignée, dans l'idylle XVII de Théocrite parmi les possessions de l'Égypte (1). Il est donc probable que l'hymne à Déméter a été composé peu de temps après cette conquête, comme l'hymne à Artémis le fut peu de temps après la prise d'Éphèse. Ces deux hymnes sont à peu près de la même époque : tous les deux louent une divinité de l'Asie Mineure, tous les deux doivent contribuer à affermir l'autorité de Philadelphe sur les provinces nouvellement annexées à l'Égypte.

V. (*Hymne II à Apollon.*)

Nous avons commencé cette étude par le Zeus de l'hymne I, image de Ptolémée Philadelphe, jeune encore et dans tout l'éclat de sa première gloire. L'hymne II, à Apollon, représente le même monarque à la fin de son règne et au déclin de sa vie.

Les premiers vers, d'une allure rapide et d'une forme solennelle, annoncent l'approche d'Apollon. Les portes du temple s'ouvrent, le dieu va paraître (2). — Ceux qui désirent être favorisés par lui, doivent chanter les louanges d'Apollon (3). — Pendant que les hymnes sacrés se font entendre, tout se tait dans la nature, même la douleur. C'est que rien ne peut résister à la puissance d'Apollon (4). — Que le chœur célèbre donc la grandeur et les attributs du dieu (5). — Ses attributs sont la richesse, la beauté et la jeunesse éternelle ; le parfum de sa chevelure est un remède contre les maladies : Apollon est le dieu qui

(1) Théocr., Id. XVII, 89. — Droysen, *Hellen.*, II, 289.
(2) II, 1, 9.
(3) II, 10, 15.
(4) II, 16, 27.
(5) II, 28, 31.

guérit et répand partout la santé (1). — Phœbus protège des arts variés ; il est le dieu de l'arc, du chant, des prophéties et de la médecine (2). — Phœbus est aussi un dieu pasteur ; par lui les troupeaux sont nombreux et féconds (3). — C'est lui qui trace les limites des villes et en jette les fondements. C'est lui qui, avec Artémis, a fondé Ortygie, et qui a conduit en Libye Battus, le fondateur de Cyrène (4). — Aussi, le poète l'appellera-t-il Apollon *Carnéen*, car c'est sous ce nom qu'il est venu de Sparte à Théra, et de Théra à Cyrène (5). — Là se dresse un temple magnifique où se célèbrent des cérémonies en l'honneur du dieu ; les étrangers doriens y dansent avec les Libyennes, depuis que la nymphe Cyréné les a reconnus comme ses serviteurs. Ce sont les chœurs des habitants de Cyrène que le dieu préfère à tous les autres (6). — Dans l'épilogue, le chœur entonne le péan traditionnel et invoque le dieu qui vainquit autrefois le serpent de Pytho (7).

Ce qui frappe tout d'abord, à la lecture de cet hymne, c'est la place importante qu'y occupent, parmi les autres épisodes, le nom et l'histoire de Cyrène : 31 vers sur 104 dont se compose l'hymne, sont consacrés à la colonie dorienne. On sait d'ailleurs combien l'histoire de la Cyrénaïque est étroitement unie à celle de l'Égypte, surtout pendant le règne de Ptolémée Philadelphe. Deux passages qui contiennent une allusion évidente aux rois d'Égypte, expliquent cette intervention de Cyrène, et laissent pres-

---

(1) II, 32, 41.

(2) II, 42, 46.

(3) II, 47, 54.

(4) II, 55, 68.

(5) II, 69, 76.

(6) II, 77, 96.

(7) II, 97, 104. — Nous arrêtons cette analyse au vers 104 de l'hymne, parce que les derniers ont été ajoutés après coup et ne peuvent par conséquent servir à notre recherche. (V. Annuaire de 1877, *La querelle de Callimaque et d'Apollonius*).

sentir à quelle époque l'hymne fut composé. — « Il est
« dangereux de lutter contre les immortels, dit le chœur ;
« lutter contre les immortels, c'est lutter contre mon roi ;
« lutter contre mon roi, c'est lutter contre Apollon (1). »
Ce dernier vers rappelle une expression analogue de
l'hymne à Zeus « ἡμετέρῳ μεδέοντι (2) », et semble par conséquent désigner Philadelphe, le dieu immortel, Zeus
dans le premier hymne, Apollon dans l'autre. Cependant
le scholiaste commente ce vers en ces termes : «ἐμῷ βασι-
λῆι · τῷ Πτολεμαίῳ τῷ Εὐεργέτῃ · διὰ δὲ τὸ φιλόλογον αὐτὸν εἶναι
ὡς θεὸν τίμα. » Callimaque ayant vécu quelques années
sous le règne de Ptolémée Évergète, la note du scholiaste
peut être juste. Remarquons toutefois que si Callimaque
dut féliciter particulièrement un prince de son amour
pour les lettres, ce fut plutôt son protecteur Philadelphe.
Mais ce n'est là qu'une légère présomption, puisqu'Évergète fut comme son père un ami éclairé des artistes et
des savants.

Le second passage est plus décisif, et résout heureusement la difficulté. Après avoir parlé des villes fondées
par Apollon, Callimaque ajoute : « L'oracle de Phœbus
« désigna ma fertile patrie à Battos, et quand celui-ci
« pénétra dans la Libye, le dieu, sous la forme d'un cor-
« beau, guida la marche des étrangers ; heureux augure
« pour la future colonie. Il jura même de donner des
« murailles à *nos rois*. Apollon tient toujours son ser-
« ment (3). » Qui sont ces rois désignés par les mots ἡμετέροις βασιλεῦσιν ? La suite des idées ferait supposer qu'il
s'agit des successeurs de Battos, des rois de Cyrène, patrie de Callimaque. Mais, tant que Cyrène fut indépen-

(1) II, 26.
(2) I, 86.
(3) II, 65 et suiv.

Φοῖβος καὶ βαθύγειον ἐμὴν πόλιν ἔρρασε Βάττῳ,
καὶ Λιβύῃ· ἐσιόντι κόραξ ἡγήσατο λαῷ,
δεξιὸς οἰκιστήρ, καὶ ῥ' ὤμοσε τείχεα δώσειν
ἡμετέροις βασιλευσιν · ἀεὶ δ' εὔορκος Ἀπόλλων.

dante, ses rois luttèrent contre la domination égyptienne.
Callimaque n'eût pas commis, sans doute, la maladresse
de vanter à la fois, dans une solennelle apothéose d'un
Ptolémée, ce Ptolémée lui-même et ses ennemis les plus
dangereux. Les mots ἡμετέροις βασιλεῦσιν désignent donc
probablement les rois d'Égypte. Mais pourquoi ce pluriel,
si vague en apparence, tandis que le poète avait tout à
l'heure employé le singulier, plus précis et plus caractéristique? C'est qu'en effet Cyrène avait alors simultané-
ment deux rois : Ptolémée Philadelphe, qui en était enfin
devenu maître par un traité, à la fin de son règne; et
Ptolémée Évergète, roi éventuel de Cyrène, depuis ses
fiançailles avec Bérénice, fille de Magas (1).

A la mort de Magas (258), Bérénice n'étant encore
qu'une enfant, sa mère Apamé (Arsinoé?) fut nommée
régente. Celle-ci, pour enlever Cyrène à la domination
de l'Égypte, appela à sa cour Démétrius le Beau, frère
d'Antigone, et lui promit la main de sa fille. Ptolémée
essaya de soumettre la Cyrénaïque par la force; mais,
craignant une attaque du côté de l'Égypte, il n'osa pas
s'aventurer jusqu'à Cyrène. La longue guerre engagée

(1) Justin, XXVI, 3 : « Per idem tempus, rex Cyrenarum Magas
decedit, qui ante infirmitatem Beronicen unicam filiam ad finienda
cum Ptolemæo patre certamina filio ejus desponderat. Sed post mor-
tem regis, mater virginis Arsinoe (Apame), ut invita se contractum
matrimonium solveretur, misit qui ad nuptias virginis regnumque
Cyrenarum Demetrium fratrem regis Antigoni a Macedonia arcesse-
rent. Itaque versis omnium animis, in Ptolemæi filium insidiæ a
Demetrio comparantur. — Quo interfecto, Beronice, et stupra matris
salva pietate, ulta est, et in matrimonio sortiendo, judicium patris
secuta. » V. Droysen, *liv. cit.*, II, 314. Callimaque, composant plus
tard une élégie à la louange de Bérénice, femme de Ptolémée Évergète, n'oublia pas de signaler le courage avec lequel, saintement
homicide, elle s'était débarrassée de Démétrius. Elégie sur la chevelure de Bérénice, traduite par Catulle, LXVI, 25.

. . . . at te ego certe
Cognoram a parva virgine magnanimam.
Anne bonum oblita es facinus, quo regium adepta's
Conjugium, quo non fortius ausit alis?

entre la Macédoine, la Syrie et l'Égypte durait toujours.
Cependant Démétrius le Beau s'était fait détester à Cyrène
par son orgueil, mais surtout par les relations inces-
tueuses qu'il avait avec sa belle-mère Apamé dont il était
l'amant. Sa mort fut résolue. Les assassins le tuèrent
dans la chambre même de sa maîtresse, sous les yeux
de sa fiancée. Bérénice, qui avait participé au crime et à
la vengeance, revint alors à l'époux qui lui avait d'abord
été destiné, et fut définitivement fiancée à Évergète. Elle
avait alors quinze ans. Cyrène, par le traité de paix conclu
en 248 du vivant de Philadelphe, devint une province
de l'Égypte. Évergète épousa Bérénice l'année même où
mourut Philadelphe (247). Callimaque pouvait donc, en
248, chanter les louanges de *son roi* Ptolémée Philadelphe,
et parler en même temps de *ses rois* Philadelphe et Évergète, rois, l'un de l'Égypte, l'autre de Cyrène.

Apollon avait, dès l'origine, dit Callimaque, promis à
Battos et à nos rois de leur donner une ville, c'est-à-dire
Cyrène. C'est Philadelphe et Évergète qu'a ainsi voulu
désigner le poète, et par une ingénieuse fiction, tout en
paraissant raconter les origines de sa patrie, ce sont les
récents évènements qu'il a en vue. Cyrène fut le tour-
ment et le danger du règne de Philadelphe. Comment
Callimaque aurait-il négligé l'occasion de chanter cette
victoire tardive et inespérée, la dernière de Ptolémée II ?
Il y eut donc un seul moment, assez court il est vrai, où
l'hymne II fut possible ; c'est l'année 248. Auparavant,
toute allusion à l'histoire de Cyrène aurait déplu ; elle
n'aurait rappelé que des échecs. Entre les deux seules
explications possibles du pluriel ἡμετέροις βασιλεῦσιν, il
n'est pas douteux que la dernière soit préférable. Elle
convient mieux au caractère de Callimaque et à son talent ;
elle confirme ce que nous savons du courtisan spirituel
et de l'écrivain précis. Enfin, l'erreur du scholiaste qui,
rencontrant en effet le nom d'Évergète dans l'hymne,
l'appliqua à tort au vers 26, s'explique plus facilement.

Rapprochons maintenant de l'image d'Apollon, décrite

par Callimaque, les traits correspondants du caractère
de Philadelphe. Théocrite a, lui aussi, tracé un portrait
de Philadelphe dans l'hymne qu'il composa en l'honneur
de ce prince. Serait-il surprenant que le Ptolémée de
Théocrite ressemblât de très-près à l'Apollon de Callimaque? «Apollon, dit celui-ci, honorera le chœur, s'il
chante ses louanges (1). » N'y a-t-il pas là une allusion
aux concours solennels de musique et de poésie institués
par Philadelphe, et dans lesquels, peut-être, Callimaque
avait, par ses éloges intéressés, gagné la faveur du souverain? La même allusion se rencontre dans Théocrite
qui parle de concours musicaux en l'honneur de Dio-
nysos (2). — Apollon est tout-puissant; car il est assis à
la droite de Zeus (3). — Ce vers rappelle un passage analogue de l'hymne à Zeus, qui représente les rois comme
les fils du dieu de l'Olympe (4). — Apollon est riche en
or et en biens de toute sorte (5). — Théocrite dira la
même chose de Ptolémée Philadelphe : « Il écraserait
« tous les rois du poids de sa richesse, tant les biens
« affluent chaque jour dans son opulente maison (6). » —
« Apollon est toujours jeune et toujours beau », ajoute
Callimaque, dépeignant ainsi la délicatesse physique et
le visage un peu efféminé de Philadelphe aux cheveux
blonds (ξανθοκόμας), selon l'expression de Théocrite. «De
« sa chevelure, continue le poète de Cyrène, découle
« jusqu'à terre une huile odorante : que dis-je ? ce n'est
« pas l'huile que distillent les cheveux d'Apollon ; c'est la

(1) II, 28.
(2) Théocrite, Id., XVII, 112.
(3) II, 29.
(4) I, 79.
(5) II, 34.

$$\pi o \lambda \acute{u} \chi \rho u \sigma o \varsigma \ \gamma \grave{a} \rho \ \ \text{Ἀπόλλων}$$
$$\varkappa \alpha \acute{i} \ \tau \varepsilon \ \pi o \lambda u \varkappa \tau \acute{\varepsilon} \alpha \nu o \varsigma \ \cdot \ \text{Πυθῶνί} \ \varkappa \varepsilon \ \tau \varepsilon \varkappa \mu \acute{\eta} \rho \alpha \iota o.$$

(6) Théocr., XVII, 95.

$$\ddot{o} \lambda \beta \omega \ \mu \grave{\varepsilon} \nu \ \pi \acute{a} \nu \tau \alpha \varsigma \ \tau \varepsilon \ \varkappa \alpha \tau \alpha \beta \rho \acute{\iota} \theta o \iota \ \beta \alpha \sigma \iota \lambda \tilde{\eta} \alpha \varsigma \ \cdot$$
$$\tau \acute{o} \sigma \sigma o \nu \ \grave{\varepsilon} \pi' \ \ddot{a} \mu \alpha \rho \ \ddot{\varepsilon} \varkappa \alpha \sigma \tau o \nu \ \grave{\varepsilon} \varsigma \ \grave{a} \varphi \nu \varepsilon \grave{o} \nu \ \ddot{\varepsilon} \rho \chi \varepsilon \tau \alpha \iota \ o \check{\imath} \varkappa o \nu.$$

« santé même. Dans les villes où ces gouttes sont tom-
« bées, rien ne connaît plus la mort (1). » Ces derniers
vers devaient être plus agréables encore que les autres
au prince vieilli et fatigué qui, tourmenté par la goutte
et sentant sa fin approcher, prétendait publiquement
avoir trouvé pour lui seul le secret de l'immortalité, bien
que dans ses moments de franchise, quand la douleur
était plus forte que l'orgueil, il enviât le sort des gens du
peuple qu'il voyait, des fenêtres du palais où il était enfermé, manger gaiement leur grossière nourriture et
jouer sur le rivage (2). — Apollon protège les archers et
les poètes, car il est habile à tirer de l'arc et à chanter.
Ainsi Théocrite vantait Philadelphe, le prince à la fois
artiste et guerrier, qui sait diriger la lance et qui récompense généreusement les bons poètes (3). — Phœbus aime
enfin à fonder des villes (4). — L'Asie Mineure, la Lycie,
la Cilicie, la Cœlé-Syrie, la Palestine, étaient remplies de
villes nouvelles fondées par Philadelphe. On retrouve le
nom d'Arsinoé, son épouse, jusqu'en Étolie, et depuis le
Delta du Nil relié à la mer Rouge par le canal des deux
mers, jusqu'aux confins de l'Éthiopie, des ports mar-
chands établis par Ptolémée assuraient les relations com-
merciales d'Alexandrie avec l'Afrique et l'Arabie.

C'est donc bien le roi Philadelphe que Callimaque a
voulu représenter sous les traits d'Apollon. Dans le premier hymne en l'honneur de Zeus, le poète avait chanté
la puissance invincible du souverain; dans le dernier, en

(1) II, 36 et suiv. :

39   οὐ λίπος Ἀπόλλωνος ἀποστάζουσιν ἔθειραι,
        ἀλλ' αὐτὴν πανάκειαν.

(2) Athénée, XII, 536 : « ὁ αὐτὸς (Φύλαρχος) Πτολεμαῖόν φησιν.....
οὕτως ἐξαπατηθῆναι τὴν διάνοιαν καὶ διαφθαρῆναι ὑπὸ τῆς ἀκαίρου τρυφῆς,
ὥστε τὸν πάντα χρόνον ὑπολαβεῖν βιώσεσθαι, καὶ λέγειν ὅτι μόνος εὕροι
τὴν ἀθανασίαν, etc. »
(3) II, 42, 43. — Théocr., XVII, 103, 112.
(4) II, 55 et suiv.

l'honneur d'Apollon, il célèbre plutôt son intelligence
féconde et active. L'hymne I exaltait l'établissement défi-
nitif de ce long règne ; l'hymne II en raconte les derniers
résultats, et en particulier l'annexion de la Cyrénaïque à
l'Égypte (1).

C'est pour cette raison que Callimaque a fait de l'histoire de Cyrène le centre de sa composition. C'est sans
doute aussi parce que l'hymne fut chanté à Cyrène même,
dans une fête d'Apollon Carnéen. « Parmi tous les autres
« noms de Phœbus, dit-il, je chanterai Phœbus Carnéen.
« C'est pour moi un culte national (2). » Aussi laisse-t-il de
côté toutes les autres fêtes du dieu, pour chanter les Carnéennes de Libye, instituées en l'honneur d'Apollon par
Aristote de Théra. « Il t'éleva un très-beau temple, et
« institua dans la ville une cérémonie annuelle ; en ton
« honneur, ô roi, les taureaux s'y couchent pour la der-
« nière fois. Io, Io, dieu carnéen, dieu adorable, tes au-
« tels portent au printemps toutes les fleurs variées que
« produit la saison au souffle de Zéphyre, et en hiver, le
« suave safran. Pour toi brûle un feu qui ne s'éteint ja-
« mais ; jamais la cendre n'y dévore le charbon allumé la
« veille. Phœbus s'est réjoui quand les guerriers à cein-
« ture dansèrent pour la première fois avec les blondes
« Libyennes, à l'époque des Carnéennes sacrées (3.). » Les
Carnéennes, principale fête de l'Apollon dorien, célébrées
à Sparte avec des chants et des luttes musicales, s'étaient
répandues depuis la métropole jusque dans les colonies,
jusqu'à Cyrène principalement, où Apollon avait un

(1) V. Droysen, *Hellen.*, II, 651 et suiv. — Robiou, *Mémoire sur
l'Économie politique au temps des Lagides,* Paris, 1876, p 118.

(2) II, 71.

(3) II, 77 et suiv. — V. Pausanias, III, 13, 3. — Théocr., id.,
V, 83, Schol. — Spanheim ad Callim. H. Apoll., 71. — Hermann,
Lehrbuch der griechischen Antiquitäten, II, p. 349. Les fêtes d'A-
pollon Carnéen étaient accompagnées de concours musicaux. C'est
dans un de ces concours que Terpandre remporta sa première vic-
toire.

temple fameux et un collège de prêtres (1). La description de la fête est dans l'hymne II l'épisode principal, celui que tous les autres détails du poème accompagnent et justifient, si bien que de cet ensemble de vraisemblances, de cet accord frappant entre l'histoire réelle et la fiction poétique, il résulte la presque-certitude que l'hymne à Apollon fut composé en 248, en l'honneur de Ptolémée Philadelphe, et pour la fête annuelle de l'Apollon Carnéen, à Cyrène (2).

(1) Sur le culte d'Apollon à Cyrène, v. Bœckh, *Inscript. græc.*, n° 5131, 5145. La première de ces inscriptions paraît dater de l'époque où Ptolémée Apion ayant légué par testament la Cyrénaïque aux Romains, celle-ci se gouvernait elle-même (95, 96 av. J.-C.). Le dialecte en est intéressant, et on y voit en outre la preuve qu'il y avait à Cyrène un collège de prêtres d'Apollon. « ..... οἱ ἱαρὲς τῶ Ἀπόλλωνος ἀνέθηκαν. » — N° 5144, noms de plusieurs prêtres d'Apollon.

(2) Nous sommes arrivés sur l'hymne à Apollon aux mêmes conclusions qu'O. Richter, liv. cit., p. 6. Nous ne le suivrons pas cependant jusqu'aux conséquences secondaires qu'il a voulu tirer de cet hymne. C'est déjà beaucoup que d'en déterminer avec précision la date ; mais ne serait-ce pas abuser un peu de l'intuition, même la plus sagace, que de vouloir trouver, à tous les détails du poème, des explications certaines ? Tandis que le critique allemand a trop négligé, selon nous, de faire ressortir le portrait de Philadelphe, tel que le traça Callimaque avant Théocrite, il a au contraire insisté trop longuement sur la dernière partie de l'hymne. Est-il vrai que, sous prétexte de chanter la victoire d'Apollon sur le serpent Python (II, 100 et suiv.), et le retour triomphant du dieu, sujet ordinaire de la cérémonie religieuse de Delphes, le poète célébrait en réalité le retour de Ptolémée, vainqueur du monstre Démétrius? Est-il vrai qu'en parlant de la nymphe Cyrène qui chassait les lions, et qu'Apollon aima (II, 94), Callimaque désignait l'intrépide Bérénice, victorieuse du lion ravisseur Démétrius? Si ingénieux que nous paraissent ces rapprochements, nous n'aurons pas la témérité de les prendre à notre compte. Ils pèchent d'ailleurs dans le détail, dès qu'on les examine de près. Par exemple, dans les mots suivants de Callimaque, expliquant la préférence d'Apollon pour Cyrène, « μνωόμενος προτέρης ἁρπακτύος », mots qui rappellent l'enlèvement de Cyrène par Apollon, Richter voit une allusion à l'histoire de Démétrius. Mais n'est-il pas impossible que Démétrius, l'ennemi de Philadelphe, que l'on comparera tout à l'heure au serpent Python, soit maintenant comparé à

Les analyses qui précèdent nous ont conduit à des conclusions, sinon certaines, du moins très-vraisemblables, sur la vie de Callimaque, sur la date et la composition de ses hymnes, enfin sur le règne de Ptolémée Philadelphe. C'est vers 275 que Callimaque, âgé d'environ trente ans, se fit connaître à la cour du roi Ptolémée Philadelphe par l'hymne à Zeus. Nous le voyons ensuite en possession de la faveur du prince jusqu'à la mort de celui-ci, et chargé par lui, dans quelques circonstances solennelles, de chanter les grands évènements du règne. Aussi, bien que les hymnes ne soient dans la vie du poète que des accidents, ils en marquent les dates principales et en constituent l'unité. Depuis l'hymne à Zeus, composé de 280 à 275, jusqu'à l'hymne à Apollon, qui est de 248 ; bien plus encore, jusqu'en 243, date probable de l'élégie sur la chevelure de Bérénice, qui fut, non pas la dernière œuvre de Callimaque, mais sa dernière pièce officielle, quelle longue période d'activité littéraire, féconde en travaux de toute sorte ! Les hymnes eux-mêmes sont compris entre deux périodes qui vont, l'une de 278 à 272 environ, pour l'hymne I et l'hymne IV ; l'autre, de 258 à 248, pour les hymnes III, VI et II. Nous retrouvons ici le poète courtisan à l'aurore de sa renommée comme au plein de sa gloire.

Les occasions pour lesquelles ces hymnes ont été écrits en expliquent la composition. Si l'éloge du dieu y est souvent incomplet ; si nous sommes étonnés d'y lire des

Apollon, c'est-à-dire à Philadelphe, puisqu'Apollon est le ravisseur, et que Démétrius serait ainsi appelé (der Räuber) ? Il faut donc distinguer avec soin, dans les hymnes de Callimaque, si l'on ne veut pas, pour essayer de tout comprendre, les défigurer entièrement, entre les allusions politiques auxquelles le sujet le conduisait naturellement, et les développements mythologiques. Le poète courtisan était en même temps un poète érudit ; l'un n'oubliait jamais Ptolémée, mais l'autre ne renonçait jamais à sa science. L'habileté de Callimaque consistait à mêler si bien les deux éléments de son œuvre, qu'elle n'en perdait rien de son unité. Que la nôtre soit de séparer ces deux éléments, sans sacrifier tour à tour l'un ou l'autre.

épisodes peu importants de sa légende, si quelques-uns
de ces épisodes nous paraissent longs et d'autres obscurs,
c'est que le poète n'était pas libre, qu'il écrivait pour un
objet déterminé d'avance, et que l'éloge habituel de la
divinité n'était pour lui qu'un prétexte. Le sujet principal
de chaque hymne, c'est le panégyrique de Ptolémée Philadelphe. Présent ou absent, nommé directement par le
poète, ou désigné seulement par de discrètes allusions,
le roi d'Égypte remplit les hymnes de Callimaque : c'est
lui qui en est le dieu, le Zeus ou l'Apollon. On l'y rencontre toujours, alors même qu'il n'y paraît pas, et quand
ce n'est pas lui que chante le poète, c'est du moins pour
lui. Aussi pourrait-on, avec les hymnes de Callimaque,
recomposer l'image de Philadelphe, à son avènement et
à sa mort. On y verrait le monarque absolu, maître des
autres et de lui-même, sûr dans ses desseins et heureux
dans ses entreprises, le roi conquérant qui agrandit l'empire des Lagides en y ajoutant Cyrène et l'Asie Mineure,
le roi civilisateur qui fonda des villes, le roi artiste qui
protégea les poètes, le souverain opulent qui organisa
des fêtes pompeuses, enfin le politique avisé qui sut à la
fois tromper et plaire, qui s'attira les sentiments des
peuples soumis en respectant leurs mœurs et leur religion, en célébrant, tour à tour, à Délos la fête d'Apollon
Délien, à Éphèse celle d'Artémis, à Cnide celle de Déméter, et à Cyrène celle d'Apollon Carnéen. Dans le
rayonnement de cette apothéose, Philadelphe apparaît
d'abord comme un grand roi, bien qu'il manque à cette
image plusieurs des traits qui constituent la vraie grandeur. On y chercherait vainement la bonté, la générosité
d'une âme élevée. Quelques-unes des qualités d'un roi
s'y trouvent. mais aucune des vertus d'un homme. Le
poète les a omises, non qu'il fût incapable de pousser à
ce point le mensonge ; mais il ne jugeait sans doute pas
nécessaire de vanter en un Ptolémée les vertus ordinaires
de l'humanité. Encore moins voulut-il, comme autrefois
Pindare, faire entendre des éloges qui fussent en même

temps une leçon. Ce rapprochement nous aide à comprendre la différence des temps : le poète courtisan n'avait plus assez d'indépendance pour donner des conseils, ni le roi assez de grandeur d'âme pour les écouter. Ces hymnes ne sont donc ni à la gloire de l'un, ni à celle de l'autre. Le roi surtout y est condamné par le silence de son panégyriste. Le prince intelligent et éclairé dont parle Callimaque n'absout pas le prince débauché et sanguinaire dont il n'ose rien dire. Ce Macédonien, cultivé par l'éducation libérale de la Grèce, ne suffit pas à faire oublier le despote asiatique.